双葉文庫

大富豪同心

天下覆滅

幡大介

目次

風野真知雄
わるじい秘剣帖（三）
しっこかい
長編時代小説
〈書き下ろし〉
「越後屋」への嫌がらせの解決に協力することになった愛坂桃太郎は、今日も孫を背中におぶり事件の謎解きに奔走する。シリーズ第三弾！

風野真知雄
わるじい秘剣帖（四）
ないないば
長編時代小説
〈書き下ろし〉
「越後屋」に脅迫状が届く。差出人はこれまでの嫌がらせの張本人で、店前で殺された男とも深い関係だったようだ。人気シリーズ第四弾！

風野真知雄
わるじい秘剣帖（五）
なかないで
長編時代小説
〈書き下ろし〉
桃子との関係が叔父の森田利八郎にばれてしまった愛坂桃太郎。事態を危惧した桃太郎は一計を案じ、利八郎を何とか丸めこもうとする。

風野真知雄
わるじい秘剣帖（六）
おったまげ
長編時代小説
〈書き下ろし〉
越後屋への数々の嫌がらせを終わらせることに成功した愛坂桃太郎だが、今度は桃子の母親・珠子に危難が迫る。大人気シリーズ第六弾！

風野真知雄
わるじい秘剣帖（七）
やっこらせ
長編時代小説
〈書き下ろし〉
「かわうそ長屋」に犬連れの家族が引っ越してきたが、なぜか犬の方が人間よりいいものを食べている。どうしてそんなことを……？

風野真知雄
わるじい秘剣帖（八）
あっぷっぷ
長編時代小説
〈書き下ろし〉
孫の桃子との「あっぷっぷ遊び」に夢中になる愛坂桃太郎。しかし、そんな他愛もない遊びが思わぬ危難を招いてしまう。シリーズ第八弾！

風野真知雄
わるじい秘剣帖（九）
いつのまに
長編時代小説
〈書き下ろし〉
珠子の知り合いの元芸者が長屋に越してきた。いまは「あまのじゃく」という飲み屋の女将で常連客も一風変わった人ばかりなのだ。

鳥羽亮
はぐれ長屋の用心棒
怒れ、孫六
長編時代小説〈書き下ろし〉

目星をつけた若い町娘を攫っていく集団が、江戸の街に頻繁に出没。正体を突き止めるべく、源九郎たちが動き出す。シリーズ第三十四弾。

鳥羽亮
はぐれ長屋の用心棒
老剣客躍る
長編時代小説〈書き下ろし〉

同門の旧友に頼まれ、ならず者に襲われた訳ありの母子を、はぐれ長屋で匿うことにした源九郎。しかし、さらなる魔の手が伸びてくる。

鳥羽亮
はぐれ長屋の用心棒
悲恋の太刀
長編時代小説〈書き下ろし〉

刺客に襲われた武家の娘を助けた菅井紋太夫。長屋で匿って事情を聞くと、父の敵討ちのために江戸に出てきたという。大好評第三十六弾！

鳥羽亮
はぐれ長屋の用心棒
神隠し
長編時代小説〈書き下ろし〉

はぐれ長屋の周囲で、子どもが相次いで攫われる。子どもを探し始めた源九郎だが、その行方は杳として知れない。一体どこへ消えたのか？

鳥羽亮
はぐれ長屋の用心棒
仇討ち居合
長編時代小説〈書き下ろし〉

菅井紋太夫が若い娘に勝負を挑まれる。どうやら娘は菅井を、父親を殺した下手人だと思い込んでいるようなのだ。シリーズ第三十八弾！

鳥羽亮
はぐれ長屋の用心棒
七人の用心棒
長編時代小説〈書き下ろし〉

はぐれ長屋の近くで三人の武士に襲われている身装のいい母子を助けた源九郎。どうも主家の跡継ぎ争いに巻き込まれたようなのだ。

鳥羽亮
はぐれ長屋の用心棒
源九郎の涙
長編時代小説〈書き下ろし〉

お吟が「浜乃屋」の前でならず者に襲われ、はぐれ長屋まで命からがら逃げてきた。源九郎たちはさっそく、下手人を探り始める。

天下覆滅《ふくめつ》　大富豪同心

この作品は双葉文庫のために書き下ろされました。

第一章　雨中の中山道

一

「ひとふたみよ……ふるべゆらゆらとふるべ……」

謎めいた祝詞《のりと》が潮騒《しおさい》のように聞こえてくる。季節は梅雨《つゆ》。坂東《ばんどう》の広大な平野には黒い雨雲が低く垂れ込め、冷たい雨が降りしきっている。

川面《かわも》は雨が立てた水煙に包まれていた。何もかもが無彩色——灰色の光景だ。

「烏川《からすがわ》の河原にゃあ、二千人がとこ、集まってるようなんでございまさぁ」

五十歳ばかりの男が、馬上の武士に向かって囁《ささや》きかける。顔には大きな古傷があって、着流しを尻《しり》っ端《ぱ》折《しよ》りの上に蓑《みの》を着けていた。いかにも俠客《きようかく》然とした風《ふう》体《てい》だ。雨よけの笠を大粒の雨が叩いていた。

辰兵衛《たつべえ》は、中山道《なかせんどう》の倉賀野宿《くらがのしゅく》を取り仕切る博徒であった。倉賀野ノ辰兵衛という二ツ名で呼ばれている。彼は唇を尖《とが》らせて、川面のほうに顔を向けた。河原には粗末な小屋が掛けられている様子であった。大勢の人影が霧雨《きりさめ》の向こうで蠢《うごめ》いている。

「信心旅だ、なんて抜かしやがって、なるほど、今ンところ悪さはしねぇようなんですがね。それにしたって道理に外れた人数だ。油断はできねぇ、ってんで、あっしも子分どもを出して見張らせてるんですがね」

博徒にしては口数が多い。それほどまでに緊迫している、ということでもある。何を考えているのか不明な人数が二千人も集結しているのだ。まさに前代未聞。凶悪な博徒といえども何かを喋《しゃべ》っていなければ、不安に呑みこまれてしまいそうになる。

「手をこまねいていてはならねぇ、と存じやすぜ？」

「貴様に指図《さしず》される覚えはない」

馬上の武士が辰兵衛を叱りつけた。武士は陣笠を被《かぶ》り、蠟引《ろうび》きの合羽《カッパ》と野袴《のばかま》を着けている。

馬の後ろには蓑笠《みのがさ》などの雨具を着けた配下と小者が、十人ばかり従っていた。

倉賀野宿のすぐ東側に岩鼻《いわはな》陣屋がある。

陣屋は俗に代官所と呼ばれている。付近の公領（徳川家の直轄領）と街道を管轄する役所だ。江戸から赴任してきた代官が統治に当たる。馬上の武士がその代官で、従う者たちは皆、代官所に勤める役人たちであった。

「へっ、こいつぁとんだお叱りを蒙《こうむ》った」

辰兵衛は道化《どうけ》を装って首を竦《すく》めた。しかしその顔は、無礼にも薄笑いを浮かべている。

代官所の役人たちがいくら威張ったところで、この広大な関東平野を治めることなどできはしない。宿場ごとに縄張りを持つ俠客たちが、役人の耳目《じもく》となり、手先となって働くからこそ、公領の秩序と治安を維持できるのだ。

（お侍《さむれ》ぇたちはオイラたちがいなくちゃ何もできやしねぇ）

辰兵衛は不遜《ふそん》にもそう決め込んでいた。

（ここらでお代官様を、一丁驚かせてやろうかい）

ニヤリと人が悪そうに笑う。そしておもむろに注進を始めた。

「実はですねぇ、お代官様。金井《かない》村の名主の吉左衛門《きちざえもん》さんも、尾島《おじま》村の名主の四郎兵衛《しろべえ》さんも、神憑《かみつ》き様に取り込まれて、信心に励んでいなさりますぜ……」

「なんじゃと！」

辰兵衛の期待したとおりに代官は、目を剝《む》いて驚いた。

（この間抜け面《づら》……。ざまぁねぇぜ）

内心せせら笑いつつ、神妙な顔を取り繕《つくろ》って答える。

「名主は農村の百姓衆の束《たば》ね役でございやす。お上の御下命《ごかめい》を受けてお代官様の手下として働く身分。百姓ながら役人と見做《みな》されておりやすから、苗字《みょうじ》帯刀も許されるってわけでして」

代官は目を怒《いか》らせた。

「そのようなこと、貴様に説教されずともわかっておる」

「いやいや、今の物言いはですね、あっしの子分どもに言い聞かせるためのものでやす」

辰兵衛の背後には、辰兵衛一家の若い者たちが十五人ばかりいる。

「その名主の旦那方が、お代官様に届けもなく神憑き様に宗旨《しゅうし》がえしたばかりか、村を離れて信心旅の列に加わって、河原で寝起きしていやがる。こいつを見《み》逃《のが》したりしたら、お上のご威光に傷がつくってもんだ」

一家の子分に言い聞かせているふりをして、役人に対する皮肉と当てこすりを重ね続けた。

「ええい、黙っていよ！」

代官は辰兵衛を叱り、次に背後の手下たちに顔を向けた。

「今の話が真《まこと》であるならば、吉左衛門と四郎兵衛を詮議《せんぎ》せねばならぬ！」

〝かかれ〟の合図を出そうとして馬上笞《ばじょうむち》を振り上げようとしたところへ、辰兵衛が水をさした。

「しかしですな、お代官様。相手は信心で頭が凝り固まって、理も非もわきまえなくなった連中ですぜ。迂闊《うかつ》に手入れなんかしようもんなら、どんな騒ぎになることか、わかったもんじゃやねぇ」

「ええい、利《き》いた風な口を――」

「信心ってのは恐ろしいもんでござんすよ。あっしらは街道筋を見張るのが役目でござんすから、抜け参りの年寄りや娘っ子や小僧なんぞを捕《つか》まえることもござんすが、信心で我を忘れた者ってのはおっかねぇ。力の限りに抗《あらが》ってまいりやす。婆様や娘っ子ひとりを取り押さえるのに、大の大人のヤクザ者が三人がかり……なんてぇことも、あるんでさぁ」

抜け参りとは、家や勤め先を勝手に出奔《しゅっぽん》して巡礼の旅に出ることをいう。

百姓町人は在所を離れる際には、お上に旅の許可を得て、道中手形を発給してもらわなければならない。手形を持たぬ者は、見つかり次第に捕縛され家や勤め先に送り返される。

「目がどこかにイッちまってるような信心者は、手練《てだれ》の悪党よりも、とっ捕まえるのが面倒なんでさぁ。斬って捨てるってわけにもいきやせんから尚更《なおさら》だ」

「ならば、どうせよと申すか」

「さぁて……。それをご思案なさるのがお代官様のお務めでは？」

「貴様、わしを愚弄《ぐろう》いたしておるのか」

辰兵衛とすれば、神様に憑かれた信徒の集団に役人が手を出すのは賢明ではない、と伝えたかっただけだ。

しかし、かえって代官を憤《いきどお》らせてしまったようだ。

「ええい、かまわぬ。詮議じゃ！　者ども、ついて参れ！」

代官は代官所の小役人たちを引き連れて馬を進めた。大雨で泥だらけとなった道を、河原に向かって下りていく。

「親分、あっしらはどうしやす？」

一家の子分が辰兵衛に質《ただ》した。辰兵衛は鼻先でせせら笑いながら答えた。

「高みの見物と洒落《しゃれ》こもうぜ。生き神様みてぇな剣呑《けんのん》な講《こう》(集団)に手出しできるもんじゃゃねぇ」

代官と小役人たちの姿は、雨の中に消えていった。

「なんという数か」

代官は呆《あき》れ顔で呟《つぶや》いた。

泥だらけの者たちが二千人ばかり、老いも若きも、男も女も、雨の中で跪《ひざまず》いて熱心に祝詞を唱えている。雨除《あめよ》けは竹や木を組んだ物に莚《むしろ》を掛けてあるばかり。そんな小屋とも呼べぬ物の下に何人もが身を寄せ合って、祝詞を唱え続けているのだ。

ここは河原、至る所が泥だらけだ。水嵩《みずかさ》が増せば川の流れに呑まれ、水の底に沈んでしまう。まともな常識がある者ならば、この雨の中、河原に陣取りはしない。急いで高所に逃げる。

この時点で正気の沙汰ではない、ということがわかる。

(自暴自棄か。生きる望みを失っておるのか)

ここ数年の間、気候が寒冷で、長雨や野分《のわき》(台風)に祟《たた》られ、貧しい者たちの多くが土地を捨てた。年貢を納められなければ罪科《ざいか》に問われるので、にっちもさっちもいかなくなった農民は、すぐに田畑を捨てて逃散《ちょうさん》するのだ。

祈りを捧げる者の中には、田舎の百姓らしからぬ、華美な衣装の者もいた。

（江戸者であろうか）

江戸でもいくつもの商家が潰れて、商人と使用人たちが路頭に迷っているらしい。

（ありとあらゆる食い詰め者が、生き神様なる者にすがって、ここに集まっておるわけか）

百姓ならば、田畑を耕《たがや》すように命じて年貢を納めさせねばならない。町人ならば棟別銭《むねべつせん》（固定資産税）や冥加金《みようがきん》（法人税）を納めさせなければならない。百姓町人が働くからこそ、幕府が維持できる。

（この者どもを、早急に正業に戻さねばならぬ）

代官はそう思った。

馬上の武士が通り掛かっても、信徒の群れは、顔すら上げようとはしない。俯《うつむ》いたまま祝詞を唱え続けている。

「やい、お前」

代官所の小役人が進み出て、一人の男の襟首《えりくび》を摑《つか》んで引き起こした。男はようやく、目を代官に向けた。

それでも拝跪《はいき》も低頭も寄越《よこ》してこない。精気のない目で代官を見つめるばかりである。小役人は怒声を張り上げた。

「やいっ、生き神様はどこにおる！」

男は無言で腕を伸ばして、彼方《かなた》を指差した。小役人はますますいきり立った。

「不精するな！　立ち上がって我らを案内《あない》せい！」

男は、何を言われたのかわからない様子で、力のない目を泳がせている。

「かまわぬ。案内はいらぬ」

代官は馬を進めた。

ますます怪しい——と代官は思った。この集団には常識がまったく通じない。逃散の罪を咎《とが》め、刀を抜いて脅したところで、今のように薄ぼんやりとした顔つきで突っ立っているだけなのではあるまいか。

（誰か一人を見せしめとして打ち首にしたところで、他の者どもは祝詞を唱え続けるばかりかも知れぬ）

その光景を想像し、代官は背筋に悪寒《おかん》を走らせた。ようやくにしてこの集団の厄介《やっかい》さに気づき始めた。

河原に一際《ひときわ》大きな小屋が建っていた。その周りには雨に打たれながら伏し拝んで祈る者たちが集まっている。どうやらここが生き神様を騙《かた》る痴《し》れ者《もの》の根城らしい、と代官は目星をつけた。

祝詞の声がますます大きくなる。剣呑な気配だ。馬が嘶《いなな》き、蹄《ひづめ》でガツガツと土を蹴った。馬の気配に気づいたのか、一人の男が小屋から出てきて、歩み寄ってきた。

代官は少し、驚いた。

「尾島村の名主、四郎兵衛ではないか。……まことに、このような胡乱《うろん》な者どもに加わっておったのか」

辰兵衛から聞かされてはいたのだが、我が眼で確かめるまでは信じがたい思いであったのだ。

四郎兵衛は還暦近くの老体で、頭髪も真っ白、実直な顔つきの百姓である。

「村の名主が役儀を捨てて、生き神様を騙る者に身を寄せたと申すか」

徳川幕府による治世の否定に他ならない。許してはおけない。鋭い眼光で睨みつけた。

ところが四郎兵衛は、まったく動じた様子もない。

「生き神様を騙る者……ではございませぬ。生き神様そのものにございまする」

神妙な顔つきで手を合わせて「ひとふたみよ……」と祝詞を唱えた。

代官は眉根を寄せた。何か、見てはいけないものを見てしまったような心地がした。

「貴様は正気なのか。目を覚ませ！」

「手前は正気にございまするし、目も覚めておりまする」

四郎兵衛は公然と口答えをした。これもまた、代官に対してありうべからざる態度だ。

「四郎兵衛、おのれの村に戻れ！　このままではそのほうは、一揆《いっき》を策していると見做されるぞ！」

一揆に加担した名主は死罪である。

しかし、やはり四郎兵衛は、脅しにはなんの反応も見せなかった。

「手前を討つと仰《おお》せにございまするか。それもまた良し……にございまする。手前は魂魄《こんぱく》となり、お神代《かじろ》様の世直しの先導をいたしまする……」

目を閉じて、首を差し出す仕種《しぐさ》をした。

「四郎兵衛、目を覚ますのだ！　貴様は誑《たぶら》かされておるのだぞ！」

叫ぶ代官に配下の小役人が寄ってきた。

「お代官様……！」

代官が振り返ると、生き神様の信徒たちがこちらを取り囲み、じわじわとにじり寄ってくるのが見えた。目には怒りを滾《たぎ》らせて無言で迫ってくる。

小役人たちは後ずさりをした。

代官は叫んだ。

「貴様ら！　一揆を成《な》すつもりか！」

返事はない。「ひとふたみよ、ふるべゆらゆらとふるべ……」と、潮騒のような祝詞の声が返ってくるばかりだ。

小役人の一人が冷汗《ひやあせ》まみれの顔を寄せてきた。

「話の通じる相手ではございませぬ！」

「うぬぬ……ッ」

代官が歯嚙みする。どう対処すれば良いのか、咄嗟《とっさ》には判断がつかない。

信者の一人が屈《かが》み込み、足元の泥土《どろつち》を握ると投げつけてきた。

「あっ、よせ」

代官は袖で顔を覆った。その袖に泥がベチャッとついた。

その一投が引き金となって、信者たちは次から次へと泥や小石を投げつけてきた。

「これはたまらぬ、いったん退《ひ》けっ」

代官は小役人たちに命じる。主従で泥だらけとなり、石でタンコブを作りながら逃げた。ようやく河原の堤《つつみ》にたどり着き、土手を上って一息つくことができた。

振り返ると、雨に包まれた河原が見えた。たった今までの喧騒《けんそう》が嘘のように静まり返っている。遠くから「ひとふたみよ……」と祝詞の声が聞こえた。

「おのれ、痴れ者どもめ！」

代官は歯ぎしりをした。いずれこのままにはしておけない。

苫小屋《とまこや》の中から一人の女がヌウッと姿を現わした。代官の逃げ去ったほうに目を向ける。

「ざまぁないね。いい気味さ」

続いて小屋の陰から、若侍ふうの細身の男が現われる。

「お峰《みね》」

お峰と呼ばれた女は、若侍に目を向けた。

「大橋式部《おおはししきぶ》先生かい。フフフ……。あんたの阿片《あへん》のお陰で、名主もすっかりこっちの意のままさ。代官を追い払ってくれたよ」

大橋式部は長崎《ながさき》から渡ってきた蘭学者であった。栗色の髪と鳶色《とびいろ》の眼、蠟《ろう》のように白い肌の持ち主で、本人は何も言わないけれども、和蘭《おらんだ》人と日本人との間に生まれた子であることは間違いなかった。

大橋式部は虚無的な目つきでお峰を見た。

「岩鼻陣屋の代官は、近在の大名をも動かす権限を与えられている。この次は大《たい》兵《へい》を率いて来るかもしれぬぞ」

上州《じょうしゅう》には、高崎《たかさき》藩や館林《たてばやし》藩など、徳川譜代の大名が居城を構えている。岩鼻陣屋の代官は公領で騒動が起こった際には、大名家の兵を借りて鎮圧《ちんあつ》に乗り出すのだ。

「フン、望むところさ」

お峰はいつものように、人を舐《な》めきったような顔つきで嘲笑《あざわら》った。

「それで天地がひっくり返っちまえば、面白《おもしろ》いのさ」

大橋式部は何も言わない。お峰は小屋の中に戻った。

二

陰気な雨は江戸城の表御殿の屋根をも叩いていた。江戸もまた鼠色《ねずみいろ》の梅雨空に覆われていた。

若年寄、酒井信濃守《さかいしなののかみ》は長袴を引きずりながら老中御用部屋に入ってきた。

「信濃守、推参《すいさん》にございまする」

折り目正しく膝を折って座る。上座に座った老中、本多出雲守《ほんだいずものかみ》に向かって低頭した。

本多出雲守は、でっぷりと肥えた腹を揺すりながら、頷《うなず》き返した。

「ご出仕、ご苦労にござるな」

開け放たれた障子《しょうじ》のほうに目をやって、

「いささか肌寒《はだざむ》ぅはござらぬか。梅雨寒じゃな」

と、信濃守に同意を求めた。

しかし信濃守は首を横に振った。

「それがしは、いっこうに」

しれっとした口調で否定され、出雲守は鼻白《はなじろ》んだ。だが不快感を顔には出さずに笑みなど浮かべた。

「信濃守殿はお若い。わしのように歳をとると、暑さ寒さは身に堪《こた》える」

「恐れ入りまする」

信濃守は真実味のない顔つきで低頭した。

若年寄は徳川幕府において老中に次ぐ重職である。若とは〝少し足りない〟という意味だ。年寄は老中のことである。

信濃守は三十半ばの若年で、次期老中との呼び声も高い。覇気《はき》に満ちた才人で幕府の役人たちの輿望《よぼう》を担《にな》っている。切れ長の涼やかな眼差しが特徴的な貴公子だ。その美貌からか、大奥のお局《つぼね》がたの評判もよかった。

大奥の政治力は並々ならぬものがあった。御寝所《ごしんじょ》で将軍の耳元に注進することができるからだ。寝物語に悪口などを吹き込まれ、将軍が真《ま》に受けようものなら、老中といえども馘首《かくしゅ》の心配をしなければならなかった。

(じゃが、大奥での人気なら、わしに敵《かな》う者はおらんぞ)

本多出雲守は内心、胸を張った。

(大奥の女人《にょにん》たちの目と心は、このわしに釘付《くぎづ》けじゃ)

そういう自負がある。

出雲守は青黒い顔をした肥満体で、ガマガエルにも、豚にも似ている。どう見ても女人に好かれる風貌ではない。

(わしの人気の秘訣は金よ)

大奥に対しては大量の金銭を撒《ま》いてあった。自費での賄賂《わいろ》も事欠かないうえに、老中の裁定権をも悪用し、幕府の公金を大奥の女人が自由に使えるように取り計らってやってもいた。

(大奥の女人たちほど、がめつい者はおらぬ)

逆に言えば、金銭さえ撒いておけば、いかようにも歓心を繋《つな》ぎ止めることができるのだ。

(信濃守など敵ではないわ)

フンと鼻息一つで吹き飛ばしてやれるというものだった。

信濃守は何を思うのか、恭敬《きょうけい》を装って端座《たんざ》している。その澄まし顔が憎々しい。

「上様は」

と、信濃守が唐突《とうとつ》に口を開いた。

本多出雲守は、ガマガエルに似た巨眼をジロリと向けた。

「上様が、いかがなされた」

信濃守は「ハッ」と、面《おもて》を伏せてから答える。

「上様は、ご心中、穏やかならぬ御気色《みけしき》にございました」

「ほう。信濃守殿は上様の御前に伺候《しこう》してこられたのか」

出雲守は内心穏やかならぬものを感じつつも、そっけない顔つきで、それとなく探りを入れる。

「上様は、なにゆえ御気色斜めでおわしたかな」

信濃守の細い目が、さらに細められた。感情を読み取られぬように、という用心かもしれない。

「公領での騒動をお聞き及びになられ、ご心痛なされておられまする」

出雲守は内心（フン）と思った。その騒動について将軍に注進したのは、信濃守本人に相違ない。

信濃守は白々しい顔つきで続ける。

「上様におかれましては、『御領地での騒動は由々しき事態。天下万民の障《さわ》りとならねば良いが』とのお言葉にございました。いずれ、ご老中様にも御諮問《ごしもん》がございましょう」

「わしに御諮問がな」

公領での騒ぎはどうなっておるのだと問われるだけならまだしも、責めを負わされてはたまらない。

（否、このわしに責めを負わせて、老中の座から追い落としてくれようと画策しておる者は、数多《あまた》おろう）

目の前にいる酒井信濃守などはその筆頭だ。

本多出雲守は老中首座として、あまりにも長く権力の座にありすぎた。政敵をそつなく排除してきた出雲守の辣腕《らつわん》によるところが大なのだが、昨今、出雲守に対する風当たりが露骨に厳しくなっている。

（わしの尻が完治して、当てが外れた者どもが焦っておるのであろうよ）

本多出雲守は今年、悪性の腫《は》れ物（皮膚病）に罹患《りかん》した。この時代の皮膚病は命に関わる。死に至る病《やまい》だ。他の老中や、若年寄たちは色めきだったに違いない。政治の化け物、本多出雲守も病には勝てない。放っておけば間もなく死んで、別の老中が首座に就き、若年寄の誰かが老中に出世する。期待に胸を膨らませた者も多かったはずだ。

ところが出雲守は蘭方医の治療よろしく完治してしまった。当てが外れて失望した政敵たちは、「もはや辛抱ならん」とばかりに、様々な画策を始めたように思われた。

(面白い。一人残らず返り討ちにしてくれるわ)

病が治って気力体力ともに充実してきた出雲守は、ほくそ笑んだ。

(わしに牙を剝く者どもを炙《あぶ》り出す好機じゃ。わしの眼の黒いうちに、一人残らず根絶やしにしてくれよう)

それで自分が死んだ後の幕府がどうなってしまうのか——などということは知ったことではない。とにかく政争が楽しくて仕方がない。政争を生き抜くことそのものが生き甲斐《がい》なのだ。

(さしあたって、この信濃守などは、潰しておくべき筆頭じゃな)

福々しい笑みを浮かべつつ、出雲守は信濃守に眼光を向けた。

「して、信濃守殿は、こたびの公領での一件、いかように取り計らうべきとお考えかな?」

「はて?」

信濃守は首など傾《かし》げて見せた。

「それがしは一介の若年寄。ご老中様がたを差し置いて柳営《りゅうえい》の政《まつりごと》に口出しすべきではないと思料《しりょう》つかまつりまする。ましてや出雲守様を御前《おんまえ》にしては、僭《せん》越《えつ》に過ぎまする」

「謙虚なお人柄じゃ」

出雲守はますます顔を綻《ほころ》ばせて、頷き返してやった。


若年寄である酒井信濃守の屋敷は〝大手前〟と呼ばれる廓《くるわ》にある。江戸城の本丸御門のすぐ近くで、幕閣の枢要《すうよう》を占める人々しか拝領の許されぬ場所だ。

上《かみ》屋敷は公邸としての位置づけが強いので、多くの人々が面談を求めて押しかけてくる。気の休まる暇がない。信濃守も中《なか》屋敷や下《しも》屋敷までわざわざ下がって、就寝することが多かった。

信濃守を乗せた駕籠《かご》と、それを囲んだ大名行列は、夕刻、浅草橋の中屋敷に入った。江戸城内にあって手狭な上屋敷とは異なり、中屋敷には庭園などに趣向をこらすこともできる。宴《うたげ》を開いても、近所から苦情を言われることもない。

中奥《なかおく》御殿で暫時《ざんじ》くつろいでいると、小姓番《こしょうばん》の家来が濡《ぬ》れ縁《えん》を渡ってきて、座敷の前で膝をついた。

「天満屋《てんまや》と名乗る商人が、ご対面を求めておりまする」

信濃守は切れ長の双眸《そうぼう》を光らせた。そして「来たか……」と呟いた。

居住まいを改めて小姓番に命じる。

「庭に通せ」

小姓番は少しばかり驚いた顔をした。

「よろしいのでございまするか。素性《すじょう》も定かならぬ者にございまする」

「かまわぬ」

小姓番は低頭して下がった。しばらく経って、庭の玉砂利《たまじゃり》を踏む音が近づいてきた。

そろそろ陽が沈む刻限だ。雨雲に覆われた空はいよいよ暗い。

笠を被《かぶ》り、蠟引きの被布《ひふ》を着けた男が、庭先で土下座した。雨はその男を容赦《ようしゃ》なく叩いた。

雨が降っていようと雪が積もっていようと、大名が庶民を引見《いんけん》するにはこのような形を取る。信濃守は廊下まで出て、立ったまま男を見下ろした。

「天満屋か」

天満屋と呼ばれた男は頭を低くして答えた。

「ただ今、上州より戻りましてございまする。そしてまた、今宵《こよい》の内に江戸を発ちまする。江戸を離れる前に、ご挨拶《あいさつ》に参じました次第」

「大儀であるな。して、どうじゃ。謀《はかりごと》は首尾よく進んでおるか」

天満屋は「ハハッ」と答えた。

「公領での騒動、ますます大きくなっておりまする。いずれ、本多出雲守の責《せき》を問う声もあがりましょう」

信濃守は頷いた。

「上様のお耳にも達し、ご憂慮《ゆうりよ》なさっておわした」

「恐れ多きことにございまする」

「上様が御憂慮なさればなさるほど、出雲守の立場はまずくなる。面目《めんぼく》も潰れる。わしにとっては好都合じゃ」

「左様にございますれば、もっともっと、騒動を大きくいたしましょう」

信濃守は首を傾げた。

「して、それでお前は何を得るのだ。お前のような悪党は、私欲を満たすことの為にしか動かぬはずじゃ。なんのためにお前はこのような騒動を起こしたのだ」

「無論のこと、私利私欲を満たすためにございまする。事が成就した暁《あかつき》には、手前を御用商人として、ご登用願いたく存じあげまする」

「御用商人とな……」

天満屋がニヤリと笑った——ように見えた。

「手前が欲するのは江戸の顔役の座。江戸の闇を我が手に納めたいのでございまする」

「大悪党めが、このわしに向かって手を結べと申すか」

「我らが御前様の耳目となり、手足となって働きますれば、御前様のご出世は疑いなしにございまする」

信濃守は良い顔をしない。天満屋は笠を伏せたまま続けた。

「本多出雲守様には三国屋《みくにや》が金蔓《かねづる》としてついておりまする。その権勢は、まっとうな手立てでは、覆《くつがえ》すことが叶《かな》いませぬ」

それについては信濃守もわかっている。「それに」と天満屋は言う。

「さらには八巻卯之吉《やまきうのきち》なる町方同心めが、本多出雲守様の手足となって働いており申す」

「南町の八巻か。その名は耳にした覚えがある。同心風情《ふぜい》でありながら、江戸でも五指に数えられる凄腕《すごうで》の剣客とか」

「赤坂新町《あかさかしんまち》に縄張りを構える侠客、荒海《あらうみ》ノ三右衛門《さんえもん》一家を手懐《てなず》けての働きには手がつけられませぬ。江戸の悪党どもは八巻を恐れて他国へ逃げ出す有り様」

「江戸から悪党どもがいなくなるのなら、結構な話ではないか」

「本多出雲守様の名声が上がり、合わせてこの江戸を、本多出雲守様が思うがまに作り替えられているのだとしても、でございますか」

「むむ……ッ」

「出雲守様は八巻を通じて、昼間の江戸の支配ばかりか、江戸の闇の支配までも目論《もくろ》んでおるのに相違ござらぬ。もちろん三国屋も一枚嚙んでおりましょう。昼の江戸を支配するのは三国屋徳右衛門《とくえもん》。夜の江戸を支配するのは荒海ノ三右衛門にございまする。もちろんその頭目《とうもく》は八巻……」

「むむっ」

「さらに昨今の八巻は、隠密《おんみつ》同心として公領にまで乗り出しておりまする。出雲守様のご権勢は関八州の隅々《すみずみ》にまで達し、いや増すばかりにございまする」

信濃守は深刻な顔つきになって考え込んだ。

「捨て置けぬな」

「早急に手を打ち、八巻を始末せねばなりませぬ」

信濃守は頷いた。

「町方同心の一人や二人、どうにでもなる」

「左様で」

「ただし、このわしが老中になれば、という話だ。わしが老中になりさえすれば、出雲守に通じた御用商人やヤクザ者はもちろん、町方同心であろうとも、即座に処分できる」

「心強きお言葉。信濃守様に身を寄せた甲斐《かい》がございまする」

「わしが老中になりさえすれば、の話じゃ。老中になるためには、本多出雲守を柳営より追放せねばならぬ」

「そのためにこそ、こたびの公領での騒動を使いましょう」

信濃守は尊大に「フン」と鼻を鳴らした。

「貴様のごとき悪党の手に乗るは業腹《ごうはら》じゃが、本多出雲守は蝮《まむし》のようにしぶとい。権勢に食いついたまま離れようとはせぬ。死んだかと思いきや、ピンピンと生きかえっておる」

「まさに蝮にございまするな」

「公領での騒ぎをもっともっと大きくいたせ。本多出雲守めを隠居に追い込むのじゃ」

「騒動の責めを出雲守様の一身に負わせ、詰め腹を切らせましょう。これにて天下は太平にございまするる」

「よかろう」

天満屋は笠を伏せたまま、庭先から出ていった。

信濃守は何を思ったか、

「鼓《つづみ》を持てィ」

と叫んで小姓番の家来を呼んだ。

小姓番に鼓を打たせると、腰の扇子《せんす》をスラリと抜いて、その場で悠然《ゆうぜん》と舞い始める。その目は何かにとり憑かれた如くに炯々《けいけい》と光っていた。

三

「それにしても皆さん、よくお働きになられますねぇ」

卯之吉が箸を使いながら感心した様子で言った。

(働きもせずに食っているのは若旦那ぐらいでげす)

と銀八《ぎんぱち》は思ったのだけれども黙っている。

ここは坂東のいずこかにある苫小屋だ。上野国《こうずけのくに》かあるいは下野国《しもつけのくに》か、山の中に小屋が建てられて、大勢の杣人《そまびと》（樵《きこり》）たちが、雨をものともせずに働いていた。

時刻は朝の五ツごろ（午前八時）であろうか。時ノ鐘《かね》が鳴らされないのでよくわからない。卯之吉は、杣人たちを差配する長老の老婆の小屋にいる。粗末な床と屋根があり、三方は板壁によって囲まれていた。広場に面した方向だけ壁がなく、外の様子がよく見えた。

老婆と、四角い顔の大男が入ってきた。

「それだけ食えるようなら、もう心配いらぬな」

老婆がぶっきらぼうに言う。皺《しわ》だらけの顔で表情が良く読み取れないが、卯之吉の身を案じて覗《のぞ》きに来たらしかった。

「あい。美味《おい》しく頂戴《ちょうだい》しております」

卯之吉にしては珍しく良く食べる。川で溺《おぼ》れて丸二日も気を失っていたのだ。身体《からだ》が食を求めていた。

「たんと食え」

老婆はそう言うと出ていった。どうやらこの老婆が、杣人の集落の長老であるらしい。こんな山奥で暮らしてはいるが、杣人たちは江戸の材木商や、幕府の普《ふ》請《しん》奉行、小普請《こぶしん》奉行などからの依頼を受けて木を伐《き》りだしている。何かと仕事で忙しいのに違いなかった。

四角い顔の大男だけが残された。三十歳ほどのこの男は、老婆の親族で、名は杢助《もくすけ》というらしい。卯之吉は利根川《とねがわ》に落ちて流されたところを、杢助たちに掬《すく》いあげられて、この苫小屋へと運ばれたのだ。

関八州の広大な平野にいたはずなのに、目が覚めたら山の中にいた。多少は戸惑ったものの、そこは卯之吉なので、呑気《のんき》にこの状況を受け入れている。その大物っぷりには杢助も驚いている様子だ。

「お江戸の炭屋の若旦那ってのは、ずいぶんと肝《きも》が据わっていなさる」

などと例によって卯之吉の人柄を、勝手に勘違いをしている。

働く男たちを尻目に、卯之吉はのんびりと御飯を食べている。その箸使いがじつに優雅で遅い。皆が忙しく働いているのに平然としている。まさに無為徒食《むいとしょく》を絵に描いたような姿だ。

(命を助けてもらったうえに、御飯を人一倍に食って、申し訳ねえでげす)

杢助の手前、銀八は恐縮するのだけれども、「若旦那もちょっとお手伝いをしてみては」と提案することはできない。卯之吉は箸より重い物を持ったことがない。材木の伐り出しなどを手伝わせたら、たちまちのうちに事故死する。

銀八も力仕事は大の苦手だ。ここは厚かましい顔をして、知らんぷりを決め込むより他にない、と腹を括《くく》った。

（いいや、あっしにもできることが一つだけあるでげす）

調子よく謡《うた》って踊って、皆に景気をつけてもらおうと考えた。田植えにしろ、普請にしろ、謡いで景気づけをするのは良くあることだ。

（まさにあっしの出番でげす）

扇子を抜いて広げ、甲高《かんだか》い声で歌いながら舞い踊り始めた。突然何が始まったのかと、杣人たちが一斉に目を向けてきた。

無心に踊る銀八の袖を卯之吉が引く。

「おやめよ。そんな調子外れの歌を聴かされたら、皆さんの手元が狂っちまうよ。それにご気分だって悪くなされるだろう」

散々な物言いだ。

「あっしの謡いと踊りは、そんなにまずいでげすか」

「まずいなんてもんじゃないよ。そこまで拙《つたな》い芸を面白がるのはあたしぐらいのもんさ」

銀八は杢助に目を向けた。田舎者なら江戸の幇間《ほうかん》の芸事には感動するに違いないと思ったのだが、案に相違して杢助は苦虫を嚙み潰したような顔をしている。山奥で暮らす杣人にも、銀八の芸のまずさは理解できた様子であった。

しかたなく銀八はその場に座り直した。

「それにしても銀八。驚くじゃないか。山の中ではこんなに大勢のお人たちが働いているなんてねぇ。思いもしなかったよ」

山の中では杣人たちの他にも、炭焼きや漆《うるし》職人、猟師などが行き交っていた。ことに杣人と炭焼きの数が多い。

江戸の町は百万の人口を抱えている。彼らの生活を支えるためには多くの木材を必要とする。煮炊きのための薪《まき》や炭だけでも膨大な量だ。人ひとりが生きていくためには、一年で二十本の木を切り倒す必要があったとされている。

「山なんてもんは、ただの山だとしか見えていなかったけどねぇ」

遠目には雄大な景色だと感じられる山中では、実に多くの人々が働いている。建材と燃料の供給地なのであった。

今度は銀八が卯之吉に釘を刺す。杢助には聞かれぬように耳元で囁いた。

「そんな物言いはいけやせんでげすよ。若旦那は、南町奉行所に炭を納めている炭商いの若旦那、ということになってるんでげすから」

「そうだっけ？」

「南町の同心様だってことが露顕《ろけん》したら、口封じに殺されるかもわからねぇでげす」

「まさか。そこまで非道なお人たちじゃないだろう。山賊じゃないんだから」

「忘れたんでげすか。こちらの杣人の衆は、倉賀野の御蔵米《おくらまい》を奪って食っちまったんでげすよ！　露顕したら打ち首になるのはこちらのお人たちでげす。お命がかかっておられるんでげすから、口封じぐらいなさるに違《ちげ》ぇねぇでげす！」

「そうかねぇ？」

卯之吉はまだ、事態を良く飲みこんでいないらしい。銀八は頭を抱えた。

「とにかく、ここから逃げ出す算段をするでげす」

「逃げ出すって言ったってねぇ。ここがどこかもわからない。あたしらみたいな町の者が山の中を無闇に歩けば道に迷うに決まってる。山にはきっと、熊も山犬もいるよ」

山犬とは狼のことだ。

「恐ろしいねぇ。獣に食われて死にたくはない」

「おい、何をコソコソとやっている」

杢助に質された。どうやらこの男は卯之吉たちを見張るために張りついている
らしい。

「いいえ、なんでもございませんよ」

卯之吉はお椀と箸を置いた。

「ごちそうさまでした」

「まったく、どこまでもお気楽なお人柄でげす」

銀八は呆れた。

（こういう時にこそ役に立つのが、水谷《みずたに》の旦那や美鈴《みすず》様なんでげすけどねぇ）

もちろん二人とも、失踪《しっそう》した卯之吉を探し回っているに違いない。ことに美鈴
は血相を変えているのに違いなかった。

（美鈴様を江戸に置き去りにした罰が当たったでげす）

銀八は肩を落とした。

雨の中、美鈴は血相を変えて中山道を北へ——上州へと向かっていた。

（このわたしを置き去りにするとは……！）

雨除けの塗笠《ぬりがさ》を傾けて突き進む。憤りのままに足を急がせた。

いつものように男装し、羽織の上には蓑を着けている。野袴を穿《は》いて、腰には二刀を差し、柄《つか》が濡れぬように柄袋を被せてあった。空は雨雲に覆われて街道はドンヨリと暗い。大股で進む美鈴の姿はとても女人には見えない。若侍にしか見えなかっただろう。

美鈴には親族として父親と母方の祖父母がいた。折々訪れては安否などを気づかう。剣を取れば鬼より強い剣士なのだが、根は優しい娘だ。

草加《そうか》にある祖父母の屋敷で一泊し、八丁堀の八巻屋敷に戻ってみれば、卯之吉《よし》の姿はない。あの卯之吉が熱心に町廻りなど務めているわけがない。おおかた吉原《わら》辺りで遊蕩三昧《ゆうとうざんまい》を決め込んでいるのであろうと、ジリジリしながら帰宅を待ったのだが、朝になっても卯之吉は帰って来なかった。

これは変だとようやく気づいた美鈴は、赤坂新町に向かった。荒海ノ三右衛門は卯之吉の一ノ子分を自任している。三右衛門に質せば、卯之吉の居場所がわかるはずだと思ったのだ。

ところが三右衛門も留守であった。子分の一人を問い詰めれば、三右衛門は卯之吉の命で倉賀野へ旅立ったという。卯之吉はまたも、隠密同心を拝命したらしい。

真面目《まじめ》に隠密同心の役儀に励む卯之吉ではない、ということを美鈴は知っている。

(隠密廻りを口実に、街道筋の遊女たちと遊び呆《ほう》けているのに違いない！)

美鈴には内緒で出て行った、というのがその証拠だ。

美鈴の心を悋気《りんき》の炎が焼き焦がした。

(こうしてはいられない！)

急いで八丁堀に戻って旅支度《じたく》を整え、上州を目指して走り出した。卯之吉の帰りを待って、ほとんど寝ていないというのに凄《すさ》まじい体力、気力だ。雨のぬかるみもものともせずに疾風《はやて》のように走り続けた。

かくして中山道をひた走る美鈴ではあったが、まるきりの無鉄砲、というわけでもなかった。卯之吉の居場所を探り当てるための手立ても考えている。

(要は、荒海一家を見つけ出せばいいのだ)

三右衛門は卯之吉の傍《そば》を離れない(と美鈴は思い込んでいる)。ヤクザ者の集団が街道を旅していれば、間違いなく噂になる。あるいは騒動になる。荒海一家が巻き起こす騒ぎを追いかけて行けば、いずれは卯之吉にたどり着けるはずであった。

美鈴は鴻巣宿《こうのすしゅく》に入った。中山道七番目の宿場である。中山道は江戸と京とを繋いでいる。峠が連続する険しい道中だが、夏場は東海道よりも旅人が多かった。川止《かわど》めがないからだ。

夏場の東海道の大敵は川の増水であった。有名な大井川《おおいがわ》のみに限らず、大雨が降ればあらゆる川が通行止めになってしまう。一方、中山道のほうは大雨で通行止めになることは少ない。とんでもない大雨の時には崖崩れの心配もあるが、そんな大災害は数年に一度の出来事だ。

鴻巣宿の宿場問屋や人馬継《つ》ぎ立《た》て場は、人と荷物でごった返していた。

美鈴はさすがに疲れを覚えて一膳飯屋に向かった。暖簾《のれん》を払って店の中に入る。前掛けを着けた親仁《おやじ》に向かって団子と甘茶を頼んだ。

笠を取って縁台に腰を下ろす。横目で店の中をそれとなく探った。武芸者としての用心だ。

（ずいぶんとガラの悪い店に入ってしまったな）

薄暗い店の奥には男たちが集まっている。ひげも月代《さかやき》もろくに剃っていないむさ苦しい姿で、素裸に法被《はっぴ》だけを着け、褌《ふんどし》剝き出しの格好で丼飯を食らい、安酒を呷《あお》っていた。

馬借《ばしゃく》や人足《にんそく》たちが雨で仕事ができずに、くだを巻いているのに違いない。大きなダミ声でなにやら喚《わめ》きたてていた。

（生酔《なまえ》いか）

いちばん質《たち》の悪い酔っぱらいである。難癖などつけられて絡んでこられては迷惑だ。

もっとも美鈴の姿を見て、娘だと思う者はまずおるまい。前髪立ちの若侍だと誰もが思う。それに美鈴の武芸があれば、酔っぱらいの一人や二人、なんということもない。美鈴は親仁が運んで来た甘茶を悠然と啜《すす》った。

「あんた、若い娘の一人旅は危ないよ。こんな所にいちゃいけない」

背後で女の声がしたので、振り返った。

自分に向かって言われたのかと思ったら、そうではなかった。白首《しろくび》の、着物をだらしなく着崩した年増《としま》女が、十五、六に見える娘に心配顔を向けていた。

「街道筋には、ろくでもない悪党どもがいっぱいいるんだ。あんたは器量が良いから目をつけられるよ。この店だってただの飯屋じゃない。この辺りを仕切る親分さんの息がかかってるんだからね」

若い娘のほうは俯いて黙っている。見ず知らずの女に説教されて困惑、あるいは迷惑している、という顔つきだ。

他人の関与や忠告が不快だ。たとえ親切心からのものであろうとも。若い娘には（あるいは若くなくても女には）良くある感情である。同じ女である美鈴には良くわかる。いまにも娘が「そんなことは、言われなくてもわかってます」と言い返すんじゃないかと心配になった。

この白首女だってヤクザの息がかかった遊女であろう。親切を仇《あだ》で返され、怒らせたりしたら面倒なことになるはずだ。

それよりも――、美鈴はこれ幸いと座り直した。女のほうに身体を向けた。

「これ、お女中。少しばかり物を訊ねたい」

白首女は急に白い目を向けてきた。若い娘には親身な顔を向けていたのに、若侍（に見える）には、警戒や敵意を隠さないのだ。

返事もしないで聞こえぬふりをしている。美鈴はちょっと困ってしまったが、すぐに卯之吉の流儀を思い出し、女の目の前で懐紙に二朱金を包んで、白粉《おしろい》を汚らしく塗った手に握らせてやった。

女は「フン」と頷き返した。

「あたしなんぞに何をお訊ねですかえ、お小姓さん」

まじまじと美鈴に目を向けて、「おや？」と言った。

「あんた、女だったのかえ」

さすがに同じ女の目は欺《あざむ》けなかったようだ。

遊女は呆れたような顔で鼻を鳴らした。

「あんたも剣呑な旅の最中かい。近ごろの娘は怖いもの知らずで困るねぇ」

そんなことはあなたに心配されることではない、と、美鈴も反発心をおこした。しかし今はそれどころではない。

「お女中、宿場を仕切る男衆に質したいことがあるのだ。兄貴分の誰か、話に通じた者を紹介してくれぬか」

遊女は金の入った懐紙を指先で玩《もてあそ》びながら答える。

「こんなにもらっちまったんだ。いくらでも引き合わせるけどね。だけど、あんたは何者なのさ？」

「拙者は――」

南町の八巻の名を出そうかとも思ったが、それはやめておいて、

「赤坂新町の荒海一家に関わりがある者だ」

と言った。

「あんた、三右衛門親分の敵《かたき》かい？」

「いや、逆だ。世話になっておる」

「ふぅん。三右衛門親分は昔ッから変わり者だったけどね。今は女剣戟《けんげき》なんぞに入れあげていなさるのかい」

いちいち癇《かん》に障《さわ》る物言いをしながら遊女は億劫《おっくう》そうに腰を上げて、台所の奥へ向かった。

若い娘と二人だけで残される。娘は気まずそうに箸を使って飯を食べている。美鈴にも心を開く様子はない。

二人で黙り込んでいると、遊女が見るからにヤクザ者然とした男を連れて戻ってきた。痩せて顔色の悪い男で、目つきが蛇のように冷たく鋭い。

「お前さんかい。ウチの一家になんの用だ」

口の利き方もなっていないが、街道筋のヤクザ者だから仕方があるまい。

「こちらの親分殿は、荒海一家の三右衛門親分とは兄弟分の仲だと聞いたのだが」

　美鈴も街道を歩きながら、道々、聞き込みをしているのである。

「ああそうだぜ。あんたは荒海一家の世話になってるそうだな」

　卯之吉と荒海一家と自分との関わりを他人に説明するのは難しい。適当に頷いておいた。

「荒海一家が街道を通りはしなかっただろうか。行く先を知ってはおらぬか」

「荒海一家なら通ったし、今でもちょくちょくと子分が走って、行ったり来たりしてるのを見かけるぜ」

「おう。そうか」

　その子分とやらは繋ぎ役であろう。どうやら三右衛門は近くにいるらしい。

「して、荒海一家はいずこへ向かったのだ」

「本当だったら内緒にしなくちゃいけねぇんだろうが、あれだけの大所帯だ。隠しても隠せるもんじゃねぇから言っちまう。倉賀野だって言ってたな。なにやら御用旅だってんで、三右衛門親分、ずいぶんと張り切っていなすったぜ」

　美鈴は自分の策が当たったと確信した。

美鈴の強靱《きようじん》な脚力でなら、すぐにも駆けつけることができる。

「訊《き》きてぇことはそれだけかい」

ヤクザ者は店の奥に戻ろうとした。

「あ、それからもう一つ」

美鈴は呼び止めて質した。

「荒海一家の中に、一人だけ場違いな、そのぅ……役者のような男が混じってはいなかっただろうか」

「ああ、ソイツなら」

と答えたのは白首の遊女だ。

「情け無い優男《やさおとこ》が一人いたねぇ。なんだか草臥《くたび》れ果てた様子で愚痴《ぐち》ばかりこぼしていたよ」

(旦那様だ)

美鈴はそう思い込んだ。まさかこんな所に由利之丞《ゆりのじよう》が出張ってきているとは思わない。

「世話になったな。礼を言うぞ」

「倉賀野か」

勇躍、立ち上がる。ヤクザ者は、

「礼はいらねぇ。三右衛門親分の知り人《びと》じゃあ無下《むげ》にはできねぇからな」

と言って、奥へ戻った。

美鈴は笠を被り直すと、大雨の中を歩きだした。

背後で小さな足音がする。ちょっと肩ごしに振り返ると、先ほどの娘の姿が見えた。

美鈴を頼りになると考えて〝自分の意思で〟ついて行くことにしたらしい。

「道連れになってください」と頼んでも来ない。「道連れになるか」と誘えば、不貞腐《ふてくさ》れた顔をしてどこかへ行ってしまうであろう。若い娘とはそういうものだ。

（勝手にすればいい）

娘にちょっかいをかけてくる悪党が現われたなら、こっちは勝手に追い払う。お互い勝手に旅をしているだけだ。美鈴は倉賀野を目指して歩き続けた。

四

上州倉賀野の宿場は騒然とした空気に包まれていた。

倉賀野宿は中山道十二番目の宿場で、町の真ん中を街道が延びている。その街道の只中《ただなか》に死体が転がっているのだ。

死体には莚が掛けられ、さらには雨が容赦なく叩いている。死体から流れ出た血が、地面の水たまりに流れ込んで赤く広がっていた。

死体の周りでは、強面のヤクザ者たちが集まって、四方に鋭い眼光を投げつけている。

「おお、恐ろしい。人斬りだってさ」

宿場で働く者たちが恐怖に顔を引きつらせながら囁きあっている。

上州は博徒の本場だが、それでも人の斬り合いなどという凶事は滅多に起こらない。しかも、殺された者が宿場の真ん中に置き去りにされたまま、などということは一度もなかった。

「お断りなすったのは、八巻ノ旦那だそうだな」

馬喰《ばくろう》の男が囁いた。頷《うなず》き返したのは人馬継ぎ立ての問屋で働く使用人だ。

「おうよ。斬り捨てられたのは……聞いて驚くな。人斬り浪人剣客の遠藤《えんどう》だ」

馬喰は目を丸くした。

「浪人剣客の遠藤って言やぁ、岩鼻のお代官所や八州廻《はっしゅうまわ》りの旦那でも手をつけかねるってぇ大悪党じゃねぇか」

「二年前には、お代官所の捕方《とりかた》の二十人に取り囲まれたが、斬り破って逃《のが》れたってぇ凶賊だぞ」

馬喰が思い出しながら頷いた。

「あん時ゃあ、手負《てお》いの捕方が宿場に運ばれてきて、大変だったな」

「そんなおっかねぇ浪人剣客が、八巻様のお手にかかれば一刀の下《もと》にバッサリよ。骸《むくろ》を検《あらた》めた医者の話じゃあ、凄まじい手際だったって話だぜ」

馬喰が唸《うな》った。

「八巻ノ旦那のお姿は、この宿場に乗り込んで来なされた時にチラッと見たが、役者みてぇな優男だったぜ。そんなおっかねぇ業前《わざまえ》の持ち主だってのかい」

問屋の使用人の鼻息は荒い。

「おっかねぇなんてもんじゃねぇぞ。剣の腕が立つことじゃあ江戸でも五本の指に数えられようかってぇ御方《おかた》だよ。なんでも江戸の悪人どもを片っ端から討ち取って回ったってぇ話だ。その評判はこの倉賀野にも届いてらぁ」

「話半分にしてもすげぇ話だ」

「現にこうして倉賀野に乗り込むなり、凶状持ちの遠藤を切り捨てちまったんだ。評判を信じねぇわけにもいかねぇ」

「なんともおっかねぇお役人がいたもんだぜ」

剣客同心の八巻本人も恐ろしいが、死体の周りのヤクザ者たちも恐ろしい。八巻と一緒に宿場に乗り込んできた荒海一家の者どもだ。

親分の三右衛門は、上州などの街道筋でも勇名を轟《とどろ》かせている。街道を仕切る博徒の親分たちと兄弟分の盃を交わしていて、その兄弟分が喧嘩《けんか》出入りということになれば、江戸から駆けつけてきて誰よりも派手に暴れ回るからだ。

荒海一家と三右衛門を手先として手懐けている。それだけでも剣客同心、八巻卯之吉の恐ろしさが理解できようものであった。

問屋の使用人はゴクリと生唾《なまつば》を飲んだ。

「八巻ノ旦那が、荒海一家を引き連れて乗り込んで来なすったんだ……。この辺りの騒動は、いよいよのっぴきならねぇことになっているんだろうなぁ」

「骸が転がっていても、代官所のお役人もやって来ねえってんだから……」

神憑き様の集団が近くに集まり、不気味な祝詞を唱え続けている。数年来の不作で農村は荒廃し、人の心もすさんでいた。

さらにはこの長雨だ。利根川の水嵩も不気味に上昇し続けている。河川流通は止まり、馬喰や問屋場《といやば》の者たちにも仕事がない。

「おまけに人斬り同心の八巻ノ旦那だ……。いってぇどうなっちまうんだ」

馬喰は青黒い顔でため息をもらした。

徳川幕府は実に小さな政府で、宿場の管理と運営は宿場の顔役である問屋場の主人に任せている。倉賀野宿の宿場役人の長は、江州屋孫左衛門《ごうしゅうやまござえもん》という男であった。

孫左衛門は江州屋の座敷の奥に座っている。三国屋徳右衛門が対面して座り、開け放たれた障子の外の廊下には三右衛門が座っていた。

雨が激しく降っている。飛沫《しぶき》や霧雨が吹き込んできた。

「座敷が湿気《しけ》ていけない。雨戸を閉めさせましょう」

孫左衛門は店の使用人を呼んで命じた。雨戸が締め切られ、明かりは窓の上の欄間《らんま》から漏れるばかりとなる。座敷の中は夜のように暗くなった。

徳右衛門は、じっと孫左衛門に目を据えながら切りだした。

「昨夜、凶賊が、手前の泊まる本陣《ほんじん》に押しかけて来ましてね」

江州屋孫左衛門は頷いた。その表情は座敷が暗すぎて良くわからない。

「恐ろしいご災難でしたな。三国屋さんの御身《おんみ》がご無事で何よりです」

「そんな呑気な挨拶を交わしている場合ではないと思いますがね。倉賀野宿での騒動は、宿場役人である江州屋さんの手落ちだ。お上のお叱りは思いやるだに恐ろしいと存じますがね」

孫左衛門は黙って聞いていたが、やがて息を大きく吸った。

「その凶賊も、隠密廻り同心の八巻様が討ち取ってくださった。お陰で倉賀野宿は平穏無事です」

白々しげに言ってから、目を左右に向ける。

「その八巻様はどちらにいらっしゃるのです？　宿場役人として、一言お礼を申し上げねばなりませぬ」

三国屋徳右衛門の代わりに、廊下の三右衛門が答える。

「旦那は残りの悪党をとッ捕めぇるために走られやした。この宿場にゃあ、もういらっしゃらねぇんで」

卯之吉の影武者である由利之丞をここに連れてくるわけにはゆかない。由利之丞はただの役者だ。しかもお調子乗りである。宿場役人の目を誤魔化《ごまか》すことはできないと判断したのだ。

「さすがは江戸一番の辣腕《らつわん》とのご評判も高い八巻様。そつのないお働きぶりですな」

徳右衛門も話を合わせる。

「八巻様のお働きは、いつも先手先手をお打ちなさる。手前ども江戸の商人は安心して稼業に励むことができるというものですがね。しかし、骸すら道に放っておくというのは如何《いかが》なものでしょうね」

「お代官所にも報《しら》せましたが、なにぶんお代官所は生き神様の件に掛かりきりになっておられますからなぁ」

「凶賊が宿場を襲ったことなどは、どうでもいいことだと？」

「お代官様が何をお考えなのかは、手前のような商人には計り知れぬことですが、この様子を見るに、そうなのでしょうなぁ」

孫左衛門は言葉を切って、チラリと徳右衛門を見た。

「それに、襲われたのは本陣ではなくて、徳右衛門さんでしょう」

徳右衛門は何も答えない。孫左衛門は重ねて問うた。

「宿場役人としてお尋ねいたしますが、襲ってきた相手に心当たりはございましょうかね」

徳右衛門は「フン」と鼻を鳴らした。

「心当たりがありすぎて見当がつかないね」

「なるほど。さすがに三国屋さんは江戸一番の大店《おおだな》ですな。さぞかし敵も多かろうと拝察します」

愛想笑いを引っ込めて、ジロリと不穏な目を向けてきた。

「そろそろ江戸にお戻りになられては如何ですかね。見てのとおりに、街道筋は剣呑でしてね。いつ何どき、次の悪党が三国屋さんを狙って襲いかかってくるか知れたものではない」

「手前には八巻様がついているから、江州屋さんがご案じなさることはない」

「宿場役人として申し上げますが、三国屋さんのお命は保障できませんよ」

「どうぞお構いなく」

商人二人が目と目で火花を散らしあう。廊下では三右衛門が「ヘンッ」と咳払《せきばら》いをした。

「憚《はばか》りながらあっしらもついておりやす。三国屋の旦那さんにゃあ指一本たりとも触れさせるもんじゃござんせんぜ」

不敵な笑みを浮かべて胸を張る。江州屋孫左衛門は苦々しげな顔をした。

雨の中、徳右衛門と三右衛門は江州屋を出た。

「江州屋め、堂々と旦那を脅してきやがりましたね」

三右衛門が口の端《はし》を歪《ゆが》めて笑った。

「あの野郎め、思ってたよりもずっと大悪党ですぜ。臭いでわかる」

徳右衛門は商売柄、どんな時でも愛想笑いを浮かべている。笑顔のままで憤っている。

「このままにしておくものですか。この三国屋徳右衛門を敵に回せばどうなるか、散々に思い知らせてくれましょう」

ニヤニヤと笑うその顔つきは、三右衛門ですらゾッとするほどに不気味であった。

第二章　公領危うし

一

「酷《ひで》ぇ雨だな」

寺社奉行所の大検使《だいけんし》、庄田朔太郎《しょうださくたろう》は、笠にちょっと指をやりながら雨空を見上げた。

空は厚い雨雲に覆われている。大粒の雨が降り注いで顔を叩いた。景色は灰色に霞《かす》んで、色彩というものを失っていた。

(大雨をおしての御用旅とは、オイラも仕事熱心な男だぜ)

憂鬱《ゆううつ》になりながら歩を進める。道は激しくぬかるんで、一歩踏み出すごとに足裏が泥に沈んだ。

もはや馬に乗ることもできない。悪路に蹄《ひづめ》を取られて馬の足が折れてしまう。仕方なく自分の足で歩いているわけだが、草鞋《わらじ》や足袋《たび》が水を吸って不快このうえもない。足指の間には細かな砂利《じゃり》がどこからともなく入ってきた。

朔太郎は情けなさそうに眉をしかめた。

（大の大人が泣きたくなりそうな心地《ここち》だぜ）

背後には家来の松倉荘介《まつくらそうすけ》と、小者や中間《ちゅうげん》の六人ばかりが従っている。

もう一人、徒士侍《かちざむらい》の家来がいたのだが、それは繋《つな》ぎ役（連絡係）として満徳《まんとく》寺《じ》に置いてきた。江戸から新たな御下命《ごかめい》が届くかも知れないからだ。

（むしろ、オイラが満徳寺に残って、家来たちを差し向ければよかったんだ）

馬鹿正直に自分が乗り出すこともなかった、と悔やんだ。

武士たるもの、愚痴《ぐち》や不満など口に出すべきではないし、考えてもならない。それはわかっているけれども、雨降りがあまりにも酷すぎる。

（百姓の姿も見えねぇじゃねぇか）

百姓すら雨を避けて働かないというのに、自分はいったい何をしているのだ、という話であった。

（江戸者が、寺役人の真似事なんかするもんじゃねぇなぁ）

満徳寺の役儀を受けて、近在の村々を調べて回る。

満徳寺は徳川幕府が定めた縁切寺《えんきりでら》で、離縁を求める女たちが駆け込んでくる。寺でありながら徳川幕府の公務を果たす役所（女性の人権救済機関）でもあるので、担当の役人が常駐し、訴えのあった女人《にょにん》の家庭や村を調べて、裁きを下す。

しかし、そもそも、ある家に嫁に入った女人が不当に苛《いじ》められている場合、実家の父親や兄弟が文句をつけて実家に取り戻したり、名主や乙名《おとな》など農村の顔役が乗り出してきて解決に当たるので、縁切寺への駆け込みなどという非常事態は、ほとんど起こらない。

縁切寺に女人が駆け込むと、婚家の者や実家の者や村役人が呼び出しを受けて、お上の役人に詮議《せんぎ》される。いかに人権救済機関であろうとも、役人はやっぱり恐ろしい。女人の訴えが通れば、婚家も実家も村役人も「なにゆえこうなるまで放っておいたのだ」と、厳しいお叱りや罰を受ける。

駆け込み者の女のほうも「お前の一方的なワガママだ」と裁定されれば、お上の手を煩《わずら》わせた罰を受ける覚悟が必要だ。

だから滅多に、駆け込み者など現われるはずがない。

ところがである。ここ何カ月かの間に駆け込み者の数が異常に増えた。

駆け込み者の女人は、寺役人の裁定が下るまでの間は、寺役宿《てらやくやど》という旅籠《はたご》に留まるのだが、五軒ある旅籠が満杯になってしまったほどなのだ。

満徳寺の住職、梅白尼《ばいはくに》は、公領でなんらかの異変が起こっているのではないかと疑い、江戸の寺社奉行所に対し、調査のための役人を派遣するよう依頼した。

かくして上野国に赴いた庄田朔太郎が、雨の中、詮議に向かっているわけだが——、

（もしかしてオイラは、立ち往生をしてるんじゃねぇのか）

これは遭難という状態なのではないか、と疑ってしまうほどに厳しい事態だ。北も南もわからない。どっちを向いても空は真っ暗だ。道案内として上州生まれの小者を連れてきたのであるが、その小者がなんとも頼りない。

「こんな所に、川なんか流れていたんだべか……？」

などと首を傾《かし》げている。土地の者に不安な顔をされたら、江戸者はもっと不安になる。

関八州の平野はあまりにも平坦なので、至る所に川が流れている。しかもちょっとした雨で流れが変わる。昨日まで野原だった場所に水が流れ込んできて川になるのだ。数日来の大雨続きだ。突然出現した川は、渡し舟がなければ渡河《とか》でき

ないほどの川幅だったりする。

右を見ても左を見ても濁流《だくりゆう》が野原を流れている。前に進めば川に行く手を遮《さえぎ》られ、後ろに下がれば、今歩いてきた道が川になっていた。

（まずいぞ。このままでは……）

この一帯のすべてが水に沈んで、自分たちは押し流されてしまうのではあるまいか。

「とにかく高台を探せ」

目的の農村に到着することよりも、まずは自分たちの命を救うことを優先せねばならない——と、朔太郎は判断した。

先導役として走らせてあった中間《ちゆうげん》が戻ってきた。

「この先に、地面が盛り上がって木の生えた場所がありました」

「でかした」

木が生えているのであれば、大水《おおみず》で流されることもないであろう。冠水しやすい場所には木も育たない。苗木の時に流されてしまうからだ。

朔太郎一行は中間を先に立たせて高台に向かった。豪雨で煙った景色の先に、丘陵《きゆうりよう》と木立《こだち》が見えてきた。

「おおっ。家が建っておりまするぞ」

松倉荘介が喜色《きしょく》を顕《あらわ》して言った。棟《むね》の高い建物が見えたのだ。

「水屋《みずや》でござるべぇ」

小者の一人が言う。朔太郎は「ふむ」と言った。

「なるほど、あれが水屋か」

低湿地帯で暮らす人々は、洪水に備えて高台に蔵と棲家《すみか》を建てておく。そういう避難所をこの地方では水屋とよんでいる。朔太郎も話だけは聞いたことがあった。

「よし、我らも水屋で難を避けるといたそう」

朔太郎は地獄で仏の心地で、足を急がせた。


水屋には百姓の一家が避難していた。老爺と老婆と三十ばかりの百姓と、幼い子供が二人である。水屋は二階建てになっていて、一階部分に味噌樽《みそだる》や米俵が置かれ、二階には布団や簡素な家財道具が置かれてある様子であった。

「急に押しかけてきて、すまぬの」

一階の土間に腰掛けた朔太郎が言うと、三十ばかりの百姓は「とんでもねぇ」

と首を振った。

そうは言ったが、歓迎されている様子はない。当たり前だと朔太郎も思う。

（水難から逃れてきたところへ、今度は役人が押しかけてきたんだ。重ね重ねの災難だろうぜ）

百姓は名を五郎助《ごろすけ》というらしい。聞けば、小作人を二人抱える本百姓とのことであった。かなりの田畑持ちだが、それにしては貧しい身形《みなり》で、ここ数年の凶作による窮状が偲《しの》ばれた。

子供たちも恐々《こわごわ》とこちらを見ている。老爺と老婆は陰鬱《いんうつ》に俯《うつむ》いたまま顔も上げないで縮こまっている。

（こんな時、卯之さんなら銭を撒《ま》くんだろうけどなぁ）

それでみんな、弾けるような笑顔に変わる。だが生憎《あいにく》と朔太郎は貧乏役人だ。ばらまく銭など持ち合わせてはいない。

水屋の一階には、庄田朔太郎と松倉荘介だけがいる。小者たちは遠慮をさせて、隣の馬小屋の屋根を借りさせた。馬も大事な財産なので、高台に避難させるのだ。

（ま、ここで黙り込んでいたって仕方がねぇ。役儀を進めるとするか）

朔太郎は五郎助に「おい」と声を掛けた。

「満徳寺の――」

駆け込み者について訊きたいことがある、と言おうとして、ハッと気づいた。

(この一家には、子供はいるが、母親がおらぬな)

子供たちは涙を堪《こら》えた顔つきで、こちらにじっと目を向けている。この一家の陰気さは、母親がいないことも理由だったのだ。

朔太郎はさりげなく質《ただ》した。

「女房はどうした」

五郎助は顔を伏せて答えた。

「……女人講《こう》に顔を出しておりますだ」

「女人講だと？　信心か」

「そんなようなもんですだ」

しかし、この大雨の中、子供をほったらかしにして出掛けるとは、ずいぶんな非常識だ。

朔太郎は改めて一家の者たちに目を向けた。百姓一家は寡黙に黙り込んでいる。

「このところ、満徳寺への駆け込み者が増えておるようだな」

それとなく水を向けるが、捗々《はかばか》しい返事は返って来ない。気づまりな沈黙が続いた。黙り込んだ百姓の口を開かせるのは一苦労だ、と朔太郎は思った。

それとなく話を変える。

「酷い雨じゃな。田畑が水に浸かれば難儀であろう。稲が水に流されるかもわからぬ」

五郎助は何も言わない。朔太郎は気にせずに続ける。

「わしは寺社奉行所の役人ゆえ、百姓には何もしてやれぬが、勘定奉行所に口利きするぐらいのことはできるぞ。なんぞ困ったことがあるならば、なんなりと申せ」

百姓の年貢を徴収するのは勘定奉行所だ。代官も勘定奉行所の役人が就任する。

すると五郎助が「どうしたって……」と、かすかな声で呟《つぶや》いた。

朔太郎は「ん？」と、聞き耳を立てた。

「なんじゃな？　わしで良ければ話を聞くぞ」

五郎助は俯いたまま答えた。

「どうしたって、オラたちの村は、もうすぐお終《しめ》ぇですだ」

「なんじゃと？　どういうことだ」

五郎助は顔を背《そむ》けて黙り込んだ。たまらず朔太郎は身を乗り出した。

「村がお終いになるとは聞き捨てならぬ物言いじゃ。いったいこの村では何が起こっておるのだ。お前の女房がこの水屋にいないことと関わりがあるのか」

これまで黙っていた老婆が突然に口を開いた。

「あやつは鬼嫁じゃ！」

朔太郎は驚いて目を向ける。老婆は、自身が鬼になったような形相で目と歯を剝《む》いていた。

慌てて老爺が腕を伸ばして老婆を遮った。

「滅多な物言いはならねぇだ」

老婆はすぐに表情を引っ込めて、元の、石地蔵のような姿に戻った。

朔太郎は、おそらく老婆の息子であろう、五郎助に質した。

「お前の女房が、なんとしたのだ」

五郎助は、困った様子で答えた。

「どうもしねぇですだ。オラの稼ぎが少ないことに愛想を尽かして、出て行ったんですだ」

朔太郎は驚いて、子供たちに目を向けた。

「子供を置いてか？」

夫に愛想を尽かして家を出る、という女は、珍しいものでもない。しかし子供を捨てるというのは只事ではあるまい。

「第一に、暮らし向きはどうするつもりなのだ。女一人で生きてゆけるはずもあるまいに」

夫が働いて稼ぎ、女房が家を支えるというのが世の道理だ。武士も百姓も同じであろう。

五郎助は首を横に振った。

「上州では、男よりも女のほうが稼ぎが多いんで……」

「どういうことだ」

「お蚕《かいこ》様がおりやすから」

朔太郎は（なるほど、そういうことか）と納得した。

上野国には火山が多い。土地は火山灰土で覆われている。野菜も稲も育ちが悪い。

　そこで上州の人々は養蚕《ようさん》業を始めた。蚕を育てて、絹糸を取り、販売して銭を稼ぐのだ。上州の絹は日本国内の金持ちが買うだけではなく、長崎を通じて輸出品としても珍重された。養蚕産業は見事に成功し、上州の百姓たちは万年貧乏から解放された。

「上州の女たちは、オラたち百姓男の何倍も稼ぐ。だから連れ合いが気に入らなければ、すぐに家からおん出て行くだ」

「そうは申しても、女一人では生きてゆけまいに」

「だから、女人講を作るって息巻いとるだ」

「女人講とは、いったいなんなのだ」

「蚕を飼う女たちが集まって、一つ所で働くんだそうですだ。絹は絹問屋が買い上げてくれますべ」

「住み暮らす家はどうするのだ」

「大きな家をおっ建てて、お寺さんの修行僧みてぇに、皆で暮らすんだそうですだ」

「……そういうことか、くそっ」

「ヘエッ、申し訳ございませねぇだ！」

五郎助はその場に土下座した。

「違う。お前に怒ったのではない」

朔太郎は片手を振った。

(誰かは知らぬが、女たちに入れ知恵をした者がおるな!)

百姓の女たちに考えつくカラクリではない。

(海の彼方《かなた》の異国では、職工が大勢集まって仕事をする場所があると聞いた)

人足寄場《にんそくよせば》のようなものか、と、朔太郎は想像している。

(長崎辺りで異国の職人寄場の話を聞きつけた何者かが、裏で糸を引いているのかもわからぬぞ)

蚕を飼う女たちを一箇所に大勢集めることが、良いことなのか、悪いことなのか、朔太郎には判断できない。

(しかし夫や家から切り離すのはまずい)

朔太郎は、そう考えた。

(第一に、柳営《りゅうえい》の許しもなく、人を勝手に動かすことは罷《まか》り成らぬ)

朔太郎は遊び人だが、やはり幕府の役人だ。

「女たちはどこにおるのだ。なぜ連れ戻さぬ」

朔太郎が怒気も露《あら》わに問うと、五郎助は首を竦《すく》めながら答えた。

「無理に連れ戻そうとすれば、駆け込み寺に駆け込みますだ。手がつけられねぇだよ」

「満徳寺か」

朔太郎の頭の中で話が一本の筋に繋がった。

（それが故に、女たちの駆け込みが増えておるのか……！）

五郎助は情けなさそうに訴える。

「女たちは、お上のお慈悲を楯《たて》にとって強訴《ごうそ》するだ。手がつけられねぇですだ」

「お上のお慈悲を悪用しようとしてか」

許せぬ――と簡単に言い切ることも難しい。なにしろ満徳寺は女人の訴えを聞き届けるためにあるのだ。

女たちの振る舞いに異を唱えることは、満徳寺の（つまりは幕府の）政策に異を唱えるに等しい。

（迂闊《うかつ》な物言いをすれば、こっちの首も飛ぶぞ）

武士も百姓も一緒だ。口は災《わざわ》いの元、である。

「村の名主はなんと申しておるのだ。なにゆえ代官所に訴え出ぬ」

「年貢さえ納めていれば、代官所は何も言わねぇですだ。米はオラたち男が田圃《たんぼ》を耕《たがや》して作る。年貢は滞りなく納めますだで」

村の暮らしにはなんの異常もないように、外からは見える。

「女たちが稼いでいた銭がなくなって、オラたち男が貧しくなる、というだけの話だぁ。女たちは、蚕で稼いだ銭を自分だけのものにできて、喜んどりますで」

朔太郎は「うぬッ」と唸《うな》った。

何がどう間違っているのかはわからない。けれども何かが大きく間違っている。

（とにかく、このようなことは許しておけぬ）

朔太郎はそう思った。

その建物は見上げるように大きかった。真っ黒に煤《すす》けた藁葺《かやぶ》き屋根が音もなく雨に打たれている。二階の窓は大きく開いている。日本の農家では珍しい総二階建ての造りとなっていた。

お峰は梯子《はしご》階段を使って二階に上がった。二階には広い板敷きの部屋が広がっていた。板の間には莚《むしろ》が広げられ、その上に桑《くわ》の葉が撒かれ、真っ白な虫——蚕が飼育されていた。

襷《たすき》掛けをした女人たちが大勢働いている。蚕は昼も夜もなく大量に桑の葉を食べて、大量に糞《ふん》を出し続ける。桑畑から摘《つ》んできた桑の葉を供し続け、糞は刷《は》毛《け》を使って慎重に取り除かなければならない。糞をそのままにしておくと蚕は病気になる。糞を取り除く際に傷つけると死んでしまう。養蚕は、慎重で根気のいる作業の連続であった。

お峰が板ノ間に入っていくと、働いていた女たちが顔を上げた。

「あっ、お峰姐《ねえ》さん」

女たちが襷を外し、居住まいを正して低頭する。お峰はここでは、かなりの〝顔〟であるようだ。

「みんな、仕事には慣れてきたかい」

お峰は、悪党仲間の前では決して見せない、柔らかな表情を浮かべた。

「あんたたちが取った絹糸は質が良いって、上方《かみがた》の絹問屋さんが喜んでいたよ。どんどん仕入れるって約束してくれたよ」

女たちは「わあっ」と声を上げて喜んだ。それを見て、お峰の口許も綻《ほころ》んだ。

「働けば働いたぶんだけ銭を頂戴《ちょうだい》できるんだ。自分たちの働きでおまんまにありつけるんだよ」

そう言ってから急に表情を険しくさせて、

「もう、男どもに食わしてもらうことなんかないんだ」

と吐き捨てた。

急に激怒したお峰に女たちが怯《おび》える。お峰はハッと気づいて、表情を和《やわ》らげた。

「これからどんどん仕事場を大きくしていくよ。あたしらの仕事が大きくなれば、男どもも役人も、手出しができなくなるってもんだ。皆で集まって大きくなれば、あたしら女は強くなれるんだ」

女たちは愚鈍《ぐどん》そうな顔を向けている。百姓女の知識では理解しがたい話であるようだ。お峰は悪党ゆえに気が短い。苛立《いらだ》たしげに続けた。

「怠け者で飲んだくれの亭主の言うことなんか聞く必要もないし、舅《しゅうと》の下《しも》の世話もしないですむんだ。あたしら女は、みんな手前のために生きるんだよ！」

百姓女たちにとってはおおいに結構な話であるが、あまりに都合が良すぎるような気もしないでもない。

そもそも百姓というものは慎重だ。二年続きの豊作はない。大豊作の翌年は飢《き》籠になると決まっている。そういう暮らしを送っていれば、「上手い話の先には落とし穴が待っている」と考える人間が完成する。

お峰は、「まぁ、すぐにわかるさ」と言った。

「女たちをもっともっと、集めなくちゃいけない」

それからお峰は、女たちの一人一人に親しげに声を掛けて励ましてから、階下に下りた。

一階の土間で雨具をつける。台所の、一段高い板敷きには大橋式部が座っていた。勝手に湯を沸かして茶を飲んでいる。

お峰は式部を無視して蓑《みの》を着け、笠をかぶった。笠の緒を結んでいると唐突に、

「このやりかたで八巻をおびき寄せようと考えておったのか」

と、質された。

お峰は鋭い眼光をキッと向けた。式部は、いつものように無表情で、目も合わせようとしない。伏目がちに手元の湯呑茶碗を見ている。

「悪事で八巻を江戸の外におびき出して仕留める——天満屋の元締の前では、そう言ったな？」

お峰は暫《しば》しの無言の後で、答えた。

「ああ、言ったさ」

式部は茶碗を横に置いた。

「百姓の村からは女たちが消える。確かに江戸の役人たちは血相を変えることだろう」

「だから、八巻をおびき出すんだって言ってるじゃないか。見ているがいい。もっともっと騒動を起こすよ。生き神様の信徒も集まった。あいつらを使って関八州を荒らしまくってやる！　男どもが二度とそのツラを上げることができないように、首根っこをふん摑《づか》まえて、地べたに押さえつけてやるんだ！」

今度は式部が無言になった。そして二階をちょっと見上げた。

女たちが、かしましくお喋《しゃべ》りしながら働く気配が伝わってくる。

「まさかとは思うが……」

「なんだえ」

式部は初めてお峰をまっすぐに見据えた。

「本気で世直しをしよう、なんて、考えてるんじゃないだろうな」

お峰は「プッ」と吹き出した――ようなふりをした。

「何を言ってるのさ」

「女たちの極楽を、この世に作ろうとしておるのなら、無駄だぞ」

お峰はムッと黙り込んだ。

式部はそそくさと立ち上がると、戸口に置いてあった唐傘《からかさ》を手に取ってサッと広げた。お峰に背を向けて雨の中を出ていった。

二

岩鼻陣屋の代官からの報《しら》せは、大雨をおして早馬で江戸に届けられた。

徳川幕府の最高議会を評定所《ひょうじょうしょ》という。大手門前に評定所の建物があって、四人の老中と六人の若年寄、南北の町奉行、四人の勘定奉行と寺社奉行（時代によってそれぞれ増員や減員がある）と、大目付、目付が集まって合議をする。

老中は乗物（格式の高い駕籠《かご》）に乗って登城してくるが、この大名行列はどんな時でも全速力で走ると定められていた。緊急事態が発生した時だけ乗物を走らせると、世間の人々に「老中様を慌てさせるほどの大事件が起こったな」と覚《さと》られてしまうからだ。

そういうわけで乗物は走る。担《かつ》ぐ陸尺《ろくしゃく》も辛いが、乗っている老中だって辛い。

曲がり角では外側に振られて乗物から投げ出されそうになる。ちなみに毛利《もうり》家の殿様は実際に投げ出されたことがあるという。いかに凄まじい速度で乗物が走るか、という話だ。大名行列のイメージとは大きく異なる。

「うおっ、し、尻が痛い……！」

老中首座、本多出雲守は乗物の中で苦悶《くもん》している。治ったばかりの尻がまた痛む。病《やまい》が再発するのではないかと心配だ。ガマガエルに似た顔に脂汗《あぶらあせ》を滴《したた》らせながら呻《うめ》き続けた。

しかし登城しないわけにもいかない。

（わしのいない間に、わしを追い落とす決議などが採られてしまっては大事《おおごと》だ）

老中首座としての政治判断を問われる事件が起こっているから——ということよりも何よりも、自分に対する弾劾《だんがい》決議のほうが心配で、登城してきたのだ。

（今、わしの追い落としを狙っている者といえば、酒井信濃守か）

小才子《こざいし》の憎々しげな澄まし顔を思い浮かべて、出雲守はますます不機嫌になる。

（公領での騒ぎの責めを、老中首座のわしに押しつけようと謀《はか》っておるに相違な

い）

なにを猪口才《ちょこざい》な、という闘志がメラメラと湧き起こってきて、

「もっと急がせよ」

陸尺に命じた。

途端に乗物が凄まじく上下に揺さぶられだして、急げなどと言わなければよかった、と出雲守は後悔した。


評定所には既に諸役人が着座していた。老中首座の出雲守はいちばん最後に入室して着座する。腰を下ろしながらジロジロと目を向けると、他の老中も若年寄も皆、腹に一物《いちもつ》を抱え込んだような面相をしていた。

（いずれも敵か）

味方などは一人もいない。誰もが虎視眈々《こしたんたん》とこちらの隙《すき》を窺《うかが》っている。それが最高権力者の辛さだ。

（なんの。このわしを打ち負かしてくれようなどと、百年早いわ）

出雲守は悠然と座り直した。

「皆々、お揃いでござるかな」

しれっとした顔つきで一同を見回す。一同は深々と低頭して、返答の代わりとした。

出雲守は老中の一人に目を向けた。

「今月の月番老中は、太田《おおた》刑部《ぎょうぶ》大夫《だゆう》殿でござったな。されば、稟議《りんぎ》を進められませ」

評定は月番老中（一カ月交替での当番）が進行する。太田刑部大夫が面《おもて》を伏せたまま「ハッ」と答えた。

「左様ならば、評定を仕《つかまつ》る」

腰の扇子《せんす》を抜いて右手に握り、膝の上で立てる。背筋を伸ばして居住まいを改めた。

（刑部めが、機嫌を良くいたしておるわ）

出雲守は内心苦々しく思った。いつも陰気な太田刑部大夫が、今日ばかりは妙に晴れやかに見える。

太田刑部大夫はこれまで、本多出雲守には絶対服従、同じ老中でありながら家来のように振る舞ってきた。出雲守も安心して引き立ててやってきたのだが、腹の底では出雲守の失脚を願っていたのではあるまいか。

その太田刑部大夫が、臨席の一同に目を向けながら言った。

「公領の代官より〝騒擾《そうじょう》あり〟との報せが入り申した。それにつき、勘定奉行の山路《やまじ》殿に諮問《しもん》じゃ」

勘定奉行は四人いて、二人が勝手方《かってかた》を、二人が公事方《くじかた》を担当している。勝手方は年貢の徴収や、金山の経営など、幕府の歳入全般を担当する。公事方は公領での刑事事件や民事訴訟の裁判を担当した。

指名された勘定奉行の山路左近将監《さこんしょうげん》は、五十代の半ばでありながら頭髪はすでに真っ白の苦労人であった。折り目正しく平伏しながらも、獄門台に上げられたような顔をしていた。

（わしはこやつと一蓮托生《いちれんたくしょう》か）

出雲守は思った。公領での騒動を無事に鎮《しず》めることができれば、出雲守と山路の首は繋がる。鎮圧に失敗すれば、出雲守と山路が責任を取らされる。

（なんとも冴えぬ男じゃな）

山路はしどろもどろになりながら、騒擾の様子について説明していく。内容は岩鼻の代官が届けてきた急報のそれを出ない。説明されずとも、そんなことは既に知っている——という話ばかりだ。勘定奉行の職にありながら、自分では何一つとして情報を集めていない様子だ。風貌と同様に、仕事ぶりもまったく精彩を欠いていた。

(やれやれ。先が思いやられるわい)

自分が助かっても、この男だけは首にしよう、と、出雲守は思った。

出雲守は、皆が自分を注視していることに気づいた。山路左近将監のダラダラと要領を得ない報告は、いつの間にやら終わっていたらしい。

(わしの喋る番か)

老中首座として評定を進めなければならない。出雲守は「ウオッッホン」と咳払いをした。

「なるほど、信心の講が二千人も彷徨《さまよ》い歩いておるわけじゃな。なるほどこれは置き捨てにはできぬ話じゃな」

他人事《ひとごと》のような顔つきで、とぼけた物言いをした。もちろん、言質《げんち》を取られぬためである。こういう場面で最初に対策案を持ち出すと、それに関する責任を負わされることになる。それだけは避けねばならなかった。

出雲守はおもむろに一同を見渡した。

「なんぞ、良策のある方はおられるかな?」

そう言われても、皆、考えることは同じだ。真っ先に発言する愚を犯すものはいない。評定所に臨席するまでに出世する男たちは、全員、処世上手の狸《たぬき》ばかりなのだ。

出雲守は笑みを含んで、意味ありげな目を皆に向けた。

「皆々、お慎《つつし》み深い。お手柄を立てる好機にござるぞ。良案をお出しになれば、この出雲守が上様のお耳に届けて御裁可《ごさいか》を頂戴しよう。ことが成就《じようじゅ》した暁《あかつき》には、上様の覚えめでたく、ご出世は疑いなしでござるぞ」

唆《そそのか》してみるが、誰も食いついてはこない。つまりはそれほどまでに解決の難しい問題だ、ということだ。

出雲守は素知らぬ顔をしつつ、酒井信濃守に目を向けた。

「信濃守殿。貴殿はいかがじゃな？　貴殿は昨今、切れ者としてご評判が高い。ここでひとつ、手柄をお立てになれば、次の老中は間違いなしでござるぞ」

信濃守は畳に両手をついてサッと拝跪《はいき》した。

「手前の如《ごと》き非才の者が、ご老中様がたを差し置いての発言など、はなはだ恐れ多きことにございまする」

「ご謙遜《けんそん》は無用。なんぞ腹案《ふくあん》がござろう」

「手前は若年寄。ご老中様がたの御下命に従うのみにございまする」

信濃守はなかなかに乗ってこない。

（若いくせに用心深いわい）

出雲守は内心、苦々しく思った。

その信濃守が山路左近将監に目を向けた。

「公領の支配は勘定奉行所の役儀。山路殿、出雲守様のご下問《かもん》である。なんぞ存念を申せ」

山路に責任を押しつけるつもりのようだ。山路は目を白黒とさせた。

「ま、まずは鎮圧が肝要かと……。上州、野州《やしゅう》、武州《ぶしゅう》の諸大名家に兵を出させて、神憑《かみつ》きの講を追い払えばよろしいかと……」

（あっ馬鹿め。それはまずいぞ）

出雲守は直感した。

（島原《しまばら》のキリシタン騒動と同じ轍《てつ》を踏むことになる）

三代将軍、家光《いえみつ》の御世《みよ》に、九州のキリシタンたちが宗教一揆《いっき》を起こした。時の徳川幕府は「たかが一揆」と侮《あなど》って、兵力で攻め潰そうとした。

ところが宗教一揆は〝たかが一揆〟ではなかったのだ。皆、死ぬことを目的として集まった者たちで、死ぬことをまったく恐れずに抵抗してくる。鎮圧のために送られた武士たちは苦戦を強いられ、討伐上使（総指揮官）の板倉重昌《いたくらしげまさ》も戦死を遂げ、幕府はおおいに面目《めんぼく》を損なう結果となった。

（信濃守め、何もかも承知の上で、山路に挙兵を勧めるつもりか）

そもそも、ただ今の徳川の武士たちに、戦《いくさ》をする気力や体力などあるのか。

（大身《たいしん》旗本は遊興に明け暮れ、役所の官吏《かんり》は武芸ではなく算盤《そろばん》上手で登用された者ばかり。挙げ句の果てには、御家人株を金で買った町人までいる）

出雲守の脳裏に卯之吉の軽薄な笑顔が浮かびあがった。

（いかんいかん！）

出雲守は首をブルブルッと振って、卯之吉の面影を振り払った。

裕福な町人が金で武士の株を買うことなど、昨今は珍しくもない。貧乏武士は一生涯、借金を重ねながら生きる。その借金を肩代わりしてもらう代わりに、金持ちの子供を養子に迎えて、武士の家を譲るのだ。

（今どきの武士に戦などできるはずがない）

卯之吉のような武士を何千人集めたところで戦力にはならない。戦えば百姓町人を相手に無様に負ける。

武力討伐だけはどうあっても回避しなければならない。出雲守はそう結論づけた。

ともかくこの場だけは無難に乗り切らねばならない。出雲守が思案する間にも、勘定奉行の山路が酒井信濃守や与党の老中、若年寄に搾《しぼ》られている。このままでは気弱な山路は、討伐の約束をしてしまいそうな勢いだ。「発言して言質を取られたくない」などと言ってはいられない。この場の空気を変えねばならなかった。

出雲守は余裕ありげな笑みを取り繕《つくろ》った。

「ともあれ、神代《かじろ》なる者が集めた講は、大人しく祈りを捧げることに専心しておる様子。わざわざ火中の栗を拾いにゆくこともあるまい」

信濃守が険しい目を向けてきた。出雲守はますます福々しい笑みを浮かべた。

「まずは様子見。様子見じゃ」

「問題の先送りにございまするか」

「そもそも、なにゆえ彼《か》の者どもは公領を流れ歩いておるのか。そこを第一に考えねばならぬぞ」

信濃守は居住まいを更《あらた》めた。

「なにゆえなのか、御説を拝聴いたしたく存じます」

「畢竟《ひっきょう》、ここ数年の荒天に原因がある。夏に雨が多く、陽差しが少なく、冷たい風が吹き、田畑の稲や野菜が育たぬ。これでは百姓たちは、土地を捨てて流浪するより他にない」

「ならば、いかにするのです」

「救恤《きゅうじゅつ》じゃ」

出雲守の口から、この男にはもっとも似つかわしくない言葉が出た。救恤とは民を哀れんで救いの手をさしのべることをいう。

「聞けば、神代なる者は『救いの神だ』と言われているらしい」

「埒《らち》もない民草《たみくさ》の無知蒙昧《むちもうまい》にござる」

「いかにも痴《し》れ言《ごと》であろうが、しかし、民草が何を求めておるのかは、これでわかった。左様ならば公儀が民草を救ってやれば良いのじゃ。本当の救い神様は、江戸城におわす上様である！　民草にこの道理を飲みこませれば良い」

上様を持ち出されては、誰も何も言い返すことができない。

「ならば、いかにして民草を救いまするか」

信濃守は白《しら》けたような目で質した。

「言うまでもない」

出雲守は「フン」と鼻先でせせら笑った。

「銭を使うのよ。民草を救う力は、金銭にしかない」

あまりにもあけすけな物言いに、評定所の一同は皆、唖然《あぜん》となった。出雲守は一人でほくそ笑んでいる。

(金銭の力と恐ろしさを知らぬようでどうする。この者ども、まだまだわしの敵ではないな)

天下の金を操る者が権勢を握る。

(つまりは三国屋だ。あの者を使って、この一大事を収める)

三国屋徳右衛門と倅《せがれ》の卯之吉は、すでに上州に送ってあった。

(あの者どもに任せておけば、大過《たいか》はあるまい)

本多出雲守が失脚すれば、両替商の三国屋も潰される。徳右衛門は自らを守るために奔走《ほんそう》するに違いない。

(公儀の役人などより、よほど役に立つというものだ)

出雲守はどこまでも余裕綽々《しゃくしゃく》で、その姿は他の老中や若年寄たちの目にはなんとも不気味に、あるいは小面《こづら》憎く映ったに違いない。

「左様なれば、出雲守様のご手腕を拝見いたしとうございまする」

酒井信濃守が恭《うやうや》しさを装って平伏した。

三

水屋の戸が外から開けられて、激しい雨が、突風と一緒に吹き込んできた。

戸口の外には水屋の持ち主である百姓の五郎助が立っている。雨具の蓑と笠から、大量の水を滴らせていた。

「お役人様……」

「大変ですだ。すぐにここからお逃げくだせぇ」

五郎助の血相が変わっている。血の気を失った唇が震えていた。

庄田朔太郎は水屋の床に寝そべって時間を潰していたのだが、五郎助のただならぬ様子に驚いて、慌てて上体を起こした。

「どうした。何があったのだ」

五郎助はこの大雨だというのに、朔太郎に敬意を払って律儀にも笠を脱いだ。

「何が起こったのか、じゃねぇですだ。これから起こるんでごぜぇやす」

「何が起こるのだ」

「堤《つつみ》が切れて、川の水がこっちぃ溢れ出て参《め》ぇりやすだ」

朔太郎は眉根を寄せた。

「出水《でみず》（洪水）か」

「この音が聞こえねぇべか？　堤が崩れる前触れだぁ」

遠雷のような低い響きがゴロゴロと聞こえてくる。朔太郎は急いで土間に下りて、戸口から顔を出した。

空ではまっ黒な雨雲がうねっている。風も強い。水屋は高台に建っている。眼下の田畑は一面、湖のように水に浸かっていた。

（今でもすでに、出水のような有り様だぞ）

朔太郎はそう思った。

「それで、堤が切れるとどうなる」

五郎助に問い質す。五郎助は雨と冷汗《ひやあせ》で濡れた顔を指で拭った。

「泥水が勢い良く押し寄せてきて、ここら一帯、泥沼みてぇになりますだ」

「この水屋が建っているのは高台であろう。ならば逃げるよりもここに留まっておったほうが安心ではないのか」

「ここにおったら、水が引くまでどこにも行けねぇくなりますだ。水が引くのが遅れたら、渇き死にせにゃあならねぇですだ」

周囲が水浸しだというのに喉が渇いて死ぬというのは皮肉な話だが、泥水は飲めないのだから仕方がない。

「今すぐ逃げて行かれれば、宿場にたどり着けますべぇ。宿場には出水に備えて舟の用意がありますだ」

広大な平野のど真ん中だというのに、洪水に備えて小舟を軒下に吊るしてあるのだ。

いずれにせよ、現地で暮らす人間の意見には従ったほうがいいだろう。

「わかった。世話になったな」

「とんでもねぇ」

朔太郎は雨具をひっ被《かぶ》って外に出ると、家来の者どもを呼び集めた。松倉荘介が小者と中間を率いてやってきた。

「松倉、満徳寺に戻るぞ。出水の被害が案じられる。万が一にも将軍家歴代のご位牌《いはい》と、住職が流されるようなことがあってはならぬ」

これまで一度も流されたという話を聞いたことがないので、それなりの高地に建てられているのであろう。

（ということは、満徳寺まで逃げ帰れば、こっちも流される心配はねぇってことだな）

朔太郎はそう考えた。

「出立《しゅったつ》！」

畦道《あぜみち》は完全に冠水している。泥水をザブザブとかき分けながら進んだ。

行けども行けども泥濘《でいねい》の道が広がっているばかり。関東の平野はどこまで行っても景色がほとんど変わらない。こんな時にはますます気分が萎《な》えてくる。

（ここで出水に襲われたらどうなる）

朔太郎は心配になってきた。逃げ場などどこにもない。元の水屋に戻ったほうが良いのでは、と思わぬでもなかったが、戻るには先に進みすぎた。

（ええい、迷うな。弱気は一番の大敵だ）

遭難の元である。それに家来たちに情け無い姿は見せられない。朔太郎はひたすらに進み続けた。

その時であった。彼方からなにやら、妙な騒ぎ声が聞こえてきた。

「大旦那様ぁ。もう戻りましょう。これより先は剣呑《けんのん》にございますよ！」

甲高《かんだか》い声だ。

（江戸者だな）

すぐにわかった。この辺りの百姓の言葉づかいではない。

雨に煙った先に二人連れが見えた。一人は背の低い老体で、もう一人はヒョロッとした若い男だ。商用で出てきた江戸の商人と、その店《たな》の者であろうか。

若い男の甲高い声は、激しい雨降りにもかかわらず良く通る。

「大旦那様のお命を狙う悪党も、うろついているのですよ。それにこの大雨でございます。このままでは悪党の刃《やいば》にかからずとも、こっちの都合で勝手に死んでしまいますよ！　そんなことになったら命をつけ狙う悪党の皆様も、働き甲斐《がい》がない、ってものでございます」

わけのわからぬ物言いだ。悪党に命を狙われているとかなんとか、極めて剣呑な話をしているのに、まったく危機感が感じられない。

（まるで卯之さんみてぇだ）

そんなふうに感じながら歩き続ける。一本道だ。向こうからやってくる商人の主従と、こちらから進む朔太郎の距離がどんどんと狭《せば》まった。

「おや？」

朔太郎は声を漏らした。商人の顔に見覚えがあったからだ。

「三国屋の大旦那じゃねぇかよ」

日本橋の両替商がなんだってこんな所に、しかも大雨の中を出歩いているのであろうか。

使用人のほうには見覚えがないが、間の抜けた物言いといい、場違いに朗《ほが》らかな笑顔といい、いかにも卯之吉の実家の者に似つかわしい。

(卯之さんの風儀は、実家の家風だったのかい)

そんなことを朔太郎は思った。

さらにはヤクザ者たちの姿も見えた。荒海一家の代貸《だいがし》の寅三《とらぞう》と子分衆だ。こちらは護衛として雇った者たちであろうと思われた。

「三国屋ではないか。珍しい所で会ったものだな」

朔太郎は声を掛けた。

三国屋徳右衛門は幕府の政《まつりごと》にも影響力を持つ豪商だが、朔太郎も幕府の重職の家来だ。吉原で会ったのとは違い、それなりに居丈高《いたけだか》に振る舞わなければならない。家来たちも見ている。

徳右衛門は〝老中をも恐れぬ〟と評判の、傲岸《ごうがん》不遜《ふそん》な商人だ。笠をちょっと上げると、ジロリと不躾《ぶしつけ》な目を向けてきた。ところが顔そのものは愛想笑いを張り付けている。

（いつ見ても不気味な爺様だぜ）

朔太郎はそう思った。

「おや、あんたは遊び人の——」

徳右衛門はそう言いかけて、今日の朔太郎の姿と家来たちを見て、

「遊び人のお取締《とりしま》りにご熱心な、寺社奉行所の大検使様ではございませぬか」

取ってつけたように言った。

「本日はお日柄もよろしく……」

「何を言っている。この大雨だぜ」

朔太郎はお供の家来から離れて、徳右衛門に歩み寄った。

「なんだって、こんな所を出歩いていやがるんだい。土地の百姓が言うにゃあ、今にも堤が切れそうだって話だぞ。急いでどっかに逃げ込まねぇと大水に流されるぞ」

「それはご親切にどうも」

徳右衛門は笑顔のまま、唇を尖《とが》らせた。

「しかれども手前は御勘定奉行所のお役儀で、詮議をしている最中でございましてね」

「詮議だぁ？　隠密同心でも拝命したのかよ」

「ご冗談を。隠密同心の大役が勤まるのは、八巻様のような、辣腕《らつわん》で手練《てだれ》のお役人様のみにございますよ」

「卯之さんが、辣腕で手練？」

そっちのほうがよっぽど悪い冗談だ、と朔太郎は思った。

（そういえば卯之さんはどうしたんだろう。隠密同心で旅してきたとか言っていたが）

卯之吉のことだから、どこぞの宿場で遊び呆《ほう》けているのに違いない。朔太郎は卯之吉のことはそれきり忘れた。

「それで、『命を狙われてる』ってのはなんなんだい」

「ああ、それは、荒海一家の子分衆が守ってくれているから、大事はございませぬ」

徳右衛門自身は何も案じていない顔つきだ。

「それはともかくだ、ここにいたんじゃいろいろと危ねぇ。どっかに逃げたほうがいい」

「そう仰《おつしや》る庄田様は、どちらに向かわれますので？」

「満徳寺に戻る最中さ。オイラは今、寺社奉行所の役儀で満徳寺に身を寄せてるんだ」

徳右衛門はパッと両目を見開いた。

「おお、あの高名な満徳寺様！　大奥を下がった御局《おつぼね》様がご住職をお務めなさるという……」

幕府の御用商人なので当然に、徳右衛門は満徳寺の事情に通じていた。そして途端に、恵比寿《えびす》様のような笑顔を浮かべた。

「左様でございましたか」

言うなり素早く袂《たもと》をまさぐって、袂の中で懐紙に何かを包み、それを摘まみ出して、朔太郎の袖の下に投げ入れた。

朔太郎は驚いて袂をまさぐった。どうやら懐紙に包まれていたのは一両小判であるらしい。

（とんでもねぇ早業だなぁ……！）

一瞬にして袂の中で小判を包んで、目にもとまらぬ早業で役人の袖に投げ込んできた。

(手裏剣《しゅりけん》の達人だって、こう上手くはいかねぇぞ)

修練というものは恐ろしい。

「それで、なんなんだい、この金は」

商人が役人に賂《まいない》を贈るからには、何事かの依頼があるのであろう。

徳右衛門は愛想笑いを満面に浮かべた。

「庄田様のお力で、満徳寺のご住職様にお引き合わせを願えぬものかと」

「尼寺の和尚さんと近づきになって、どうする気だよ」

「満徳寺のご住職様はただの尼様ではございませぬ。元は大奥の御中臈《ちゅうろう》様。ただ今の大奥にも、お力を及ぼしにございましょう」

「今度は大奥の御用商人になろうって魂胆《こんたん》かい」

もう七十を超えたというのに、これからまた新たな商売を始めようというつもりであるらしい。

(もはや商売の妖怪だな)

それはともかく、江戸の役人は、賂を受け取ったからには必ず便宜をはかってやる。ある意味での仁義だ。

「わかったよ。引き合わせるだけなら雑作《ぞうさ》はいらねぇ。もっとも、ご住職向けにも、そっちから、挨拶《あいさつ》代わりの銭を贈ってもらわなくちゃ困るがな」

「手前に限って、手抜かりはございませぬよ。グフフ……」

(なにが『グフフ』だ。気持ち悪い声で笑いやがって)

朔太郎は呆《あき》れる思いだ。

「とにかく急ごう。雨の中で立ち話していたって仕方がねぇや」

朔太郎は徳右衛門を連れて、満徳寺へ戻った。

四

朔太郎が山門をくぐると、秀雪尼《しゅうせつに》が迎えに出てきた。

「ちょうどよかった、秀雪尼殿。近在の百姓が、堤が切れると騒いでおり申す」

朔太郎がそう告げると、秀雪尼は首を横に振った。

「いまだかつて、この寺が水に流されたことはござらぬ。ご案じなさるな」

秀雪尼は朔太郎の背後に控える徳右衛門に目をやった。

「して、その者は？」

「これに控えしは――」

朔太郎が紹介するより先に、徳右衛門が得意の愛想笑いを浮かべつつ歩みだしてきた。

「手前は日本橋の両替商、三国屋の主、徳右衛門と申しまする」

「ほう、そなたが三国屋か」

秀雪尼は三国屋の名を知っていたらしい。

(守銭奴《しゅせんど》揃いの大奥の女人であれば当然か)

朔太郎の思いをよそに、徳右衛門は懐からなにやらまさぐりだした。

「満徳寺様への、ほんの僅《わず》かばかりの寄進にございまする。ご仏前にお納めいただければ幸甚《こうじん》に存じあげまする」

恭しく紙切れを一枚、ペロリと差し出した。

(なんでぇ、その紙は)

よくよく見れば為替《かわせ》であった。両替商の徳右衛門本人が発給した為替である。官許の両替商に持ち込めば書面の金額に換えてもらえる。

(千両箱でも持ち込むのかと思いきや……)

秀雪尼は為替の扱いには慣れているようだ。ほくほく顔で手揉《ても》みなど始めた。

「それはそれは、ご奇特なことじゃ。阿弥陀如来《あみだにょらい》様のご果報がありましょう」

朔太郎は内心、舌打ちしたくなった。

（この尼、俺の前ではいつも偉そうなツラで取り澄ましていやがるクセに）

徳右衛門の為替の前では布袋《ほてい》様みたいに笑っている。

今の世の中、武士の名誉に対して愛想笑いを向ける者はいなくとも、金に愛想笑いを向ける者ならいくらでもいる。もはや天下を支配しているのは金と商人の力なのだ。

為替に目を通した秀雪尼は、

「なんとまぁ、こんなに！　さすがは天下一の豪商、豪気なものじゃ」

などと賛嘆している。それればかりか先に立って徳右衛門を誘《いざな》い始めた。

「ささ、こちらへござれ。濡れた衣《ころも》を着替えるのじゃ。すぐにも住職に目通りをお願いして参るでのぅ」

客殿に案内していく。

「これはこれは、お心遣いかたじけなく存じあげまする。まこと、この世の極楽にございまするなぁ」

徳右衛門は心にもないお追従《ついしょう》を口にしながら、客殿の中に入っていった。着替えの入った挟箱《はさみばこ》を担いだ手代の喜七《きしち》が後に続いた。

寅三たちは入門を遠慮して、門前の茶屋に入ったらしい。

本堂の建物の、本尊を安置した仏間の隣には、この寺の住職が客との対面に使う書院があった。奥に床ノ間がしつらわれた立派な広間である。畳も青々として新しい。

下座には徳右衛門が平伏している。朔太郎は障子を背にして座った。

やがて静々《しずしず》とした足どりで住職の梅白尼が入ってきた。床ノ間を背にして座る。僧衣の裾《すそ》を秀雪尼が甲斐甲斐しく整えた。

「三国屋徳右衛門とやら。面《おもて》を上げよ」

凜《りん》と張りつめた声音で梅白尼が命じた。

（元は町人娘のクセに、まったく、てぇした貫禄だな）

朔太郎は半ば呆れながら思った。

大奥で上様と同衾《どうきん》し、世継ぎを産むことができるのは、身分の低い娘との不文《ふぶん》律《りつ》がある。大名や公家の娘が世継ぎ（次代の将軍）を産むと将軍家を乗っ取られる可能性が出てくるからだ。江戸の町娘が将軍の生母であるのなら、実家である町家の親父がどんなに頑張っても、将軍家を牛耳《ぎゅうじ》ることなどできはしない。

そういう次第で梅白尼も、江戸の商人や大工の娘程度の出自であろうけれども、大奥勤めが長くなれば、それなりに威厳というものが身についてくるらしかった。

徳右衛門も、腹の底では何を考えているのかはわからないが、表面《おもてづら》は公家の姫君に対するように、恭しげに拝跪した。

「御尊顔《ごそんがん》を拝し奉《たてまつ》り、恐悦至極《きょうえつしごく》に存じあげ奉りまする～」

梅白尼は「うむ」と短く頷《うなず》いた。

「寄進は確かに受け取ったぞ。大儀であった」

「ハハーッ！」

皮肉屋の朔太郎としては、なんとも阿呆《あほ》らしく見える遣《や》り取りだ。

その後は暫しの歓談である。

梅白尼は寺に入れられて外界と隔《へだ》てられ、退屈を託《かこ》っている。徳右衛門に対して江戸の話をねだった。昨今の江戸の評判とか、流行《はや》りものとか、芝居や遊里の話などを聞きたがったのだ。

ところが徳右衛門の話題は、えげつない商売に関することばかりで、まったく面白《おもしろ》くない。徳右衛門だけは楽しくて仕方がない、という調子で捲《まく》し立てるものだから、ますますもって白けてきた。

「もうよい。商売繁昌でなによりのことだ」

終いには話の腰を折られてしまった。しかし徳右衛門はまったく意に介する様子もなく、

「手前が商いをできまするのも、柳営の皆様がたのお引き立てと御用があればこそにございまする」

などと笑顔で答えた。

雨は凄《すさ》まじく降っている。軒先からは滝のように雨水が落ちてきた。

「酷い雨じゃな」

梅白尼が剃り落とした眉根を寄せた。遠くから雷のような重低音が響いてくる。雷鳴だろうか、それともあの百姓が言っていた、堤の切れる兆しなのか。

朔太郎は身を乗り出した。

「この地は、大水になっても流されることはない、と承《うけたまわ》りましたが、まことにございましょうや」

万が一にも歴代将軍の位牌が流失した、などということになれば、関係各所の役人たちが何百人単位で切腹せねばならないことになる。

「それは、案ずるには及ばぬ」

梅白尼はきっぱりと答えた。しかしすぐに美貌を曇らせて、

「なれど……」

と続けた。

「寺領の田畑が水に浸かれば大変なことになる。大河より溢れた大水は川底の砂利を運んでくるのだ。田畑が砂や小石に埋まれば、今年ばかりか来年も、再来年も、田植えに難儀し、収穫が減ることになる」

「げにも」

「年貢が滞《とどこお》らば、寺の建物の修繕もできぬ。庭木の手入れもできぬ。追善供養の費用にも事欠くことになろう。妾《わらわ》の贅沢《ぜいたく》も——あっ、それは別儀じゃな」

「なるほど、一大事にございまするな」

「せめて寺領に水が流れ込まぬように、普請《ふしん》ができぬものかなぁ」

工夫と言われても、それは、新たに堤を築くか、洪水を余所《よそ》へ導く水路を掘るか、それぐらいしか思いつかない。

（どっちの普請も、金と手間がかかりすぎるな）

世間知らずな町娘から世間知らずな大奥中臈に転進した女だ。現実離れしてい

る、と朔太郎は思った。

ところがだ、横で徳右衛門がパチンと両手を打ち鳴らしたのだ。

「さすがはご住職様！　公方様《くぼう》御歴代の御位牌所を守護なさらんとする尊《たっと》きお志《こころざし》、この徳右衛門、感服つかまつってございまする！」

朔太郎はちょっと眉をしかめた。お追従も時と場合による。今は間が悪すぎる。

（まるで銀八だぜ）

場違いな徳右衛門はかまわずに捲し立て続ける。

「ご住職様のお志を成就せんがため、この三国屋徳右衛門、喜んで、いかようにも、ご助力奉る覚悟にございまする！　手前にできることならば、何なりとお申しつけくださいますよう、御願《おんねが》い奉りまする〜！」

（何を言ってるんだ、こいつは）

徳右衛門も達者なようで、もう七十過ぎだ。少しばかり耄碌《もうろく》が進んできたのか、と心配になってきた。

梅白尼はまんざらでもなさそうな顔つきだ。

「左様か。三国屋の心掛けには胸のすく思いじゃ。して、いかにして大水より寺領を守る?」

「それは、この徳右衛門に万事おまかせ下さいませ」

徳右衛門は妖怪のような顔でほくそ笑んだ。

「どうするつもりなのだ。……オイラぁ、お前《め》ぇさんの身が、案じられてならねぇよ」

倉賀野宿に戻る徳右衛門を見送りに出ながら、朔太郎が言った。

「いくら江戸一番の豪商でも、大雨に勝てるもんじゃねぇだろう。いってぇどうやって出水から寺領を守るつもりだい」

徳右衛門は不遜な笑みを浮かべながら答える。

「もちろん、新たに堤を造るのでございますよ」

「堤だぁ?」

関八州の大河には堤が築かれているが、それは初代将軍家康の御世から、営々と幕府の公金を投じて造り上げてきたものだ。

「一朝一夕に、堤がこしらえられるもんか」

朔太郎がそう言うと、徳右衛門は真顔で頷いた。

「もちろんにございますとも。急ごしらえの堤などで出水を防ぐことができるとは、手前も思っちゃおりません」

「なら、どうしてあんな安請け合いをしたんだ」

「もちろん、手前を売り込むためにございます。梅白尼様と大奥様に対してですがね」

「売り込むったって、できもしねぇ仕事を安請け合いしたら、信用がなくなるばかりだろうによ」

「堤は大まじめにこしらえますよ。庄田様がご案じなさることはございませぬ。手前には金があり、この近在には大雨で野良仕事ができない百姓衆がいる。手前が手間賃を出して百姓衆を雇い、堤を造らせます。この三国屋徳右衛門、『やらせていただきます』と請け負った仕事は必ずやります」

「だけどよ、肝心の出水が防げなかったら、梅白尼様はおつむりを曲げちまうぞ。土砂に埋まった寺領の田畑を前にして、『やるだけやったんで褒《ほ》めてください』とは言えめぇ」

すると、徳右衛門は不気味な声で笑った。

「その時は、手前が責めを負って、寺領からあがるはずの年貢を肩代わりいたしますとも」

「えっ……」

「手前が年貢の肩代わりをすれば、満徳寺様のお勝手向きは例年どおりとなりましょう。さすればご住職様もきっとご満足なさるはず。なんなら少しばかり余計に色をつけてもかまいませぬ」

「なに？」

「要は、ご住職様がご満足なされば、それで宜《よろ》しいのです。手前におまかせくださいまし。手前の銭で、いかようにもお喜びいただきましょう」

結果として梅白尼の意に適《かな》い、大奥の御用商人になれさえすれば、それで良いのだ。

「一所懸命に堤を造って、寺領を守るふりをする。しくじったら金子《きんす》を山と積んでご機嫌を伺《うかが》う。それで万事、丸く治まるのでございますよ」

徳右衛門は自信たっぷりに言い切った。

政商とはなんと凄まじいものか。公務の失敗まで計算に入れたうえで権力者にすり寄ろうとする。朔太郎は呆れる思いで、三国屋徳右衛門を見送った。

第三章　打ち壊し

一

倉賀野宿を仕切る俠客《きょうかく》の辰兵衛は、表向きには宿場人足の口入れ屋を営んでいる。世間のあぶれ者や破落戸《ごろつき》たちに仕事の斡旋《あっせん》をする商売だ。雨の中、むさ苦しい男たちが大勢、泥を撥《は》ねながら店先を出入りしていた。

街道を見下ろす二階の座敷に悪人面《あくにんづら》の男が座っている。不敵な面構えでニヤニヤと辰兵衛に笑みを向けていた。

辰兵衛は咥《くわ》えていた煙管《キセル》を持ちかえて、カンッと灰吹きに打ちつけた。莨《たばこ》の灰が落ちて白い煙をあげた。

「宿場を襲った悪党が、よくもこの俺の前《め》ぇにツラぁ出せたもんだなぁ」

悪人面の男は、楡木《にれぎ》ノ隠仁太郎《おにたろう》であった。倉賀野宿の本陣に泊まった三国屋徳右衛門をかどわかそうとして、宿場を襲撃した男だ。

辰兵衛は油断なく目を向けながら、手元で煙管に莨を詰め直した。

「宿場で悪党を取り締まるのは、俺たち俠客の務めだ。お上の御用を助けるという約束で、賭場のお目溢《めこぼ》しを頂いてる。手前《てめ》ぇも悪党なら、それぐれぇの道理は知ってるだろう」

ジロリと鋭い目を向けるが、隠仁太郎は余裕の薄笑いを浮かべたままだ。

「もちろん、それぐれぇはわかっておりまさぁ。あっしを二階座敷に通したのも、逃がさねぇための用心と見やしたぜ。階段下も、窓の外の通りも、一家の若い衆に固めさせてるらしいや」

「そこまで読めてるなら話は早い。観念して縄につきねぇ」

すると隠仁太郎は小馬鹿にしたように鼻先でせせら笑った。辰兵衛は気が短い。顔を朱色に染めて凄《すご》んだ。

「手前ぇも腕っこきの剣客を抱えてるようだが、今、この宿場にゃあ八巻ノ旦那ってぇ、おっかねぇお役人がいらっしゃる。お江戸でも五本の指に数えられるってぇ豪傑《ごうけつ》だ。どうしたって逃れられるもんかい」

「へい。それならあっしも八巻ノ旦那に、『恐れながら』と訴え出るといたしやしょうかね。どうせ八巻ノ旦那に責めあげられるんだ。なにもかも正直に白状しちまうってのも悪くねぇ」

辰兵衛の目がますます険悪に光った。

「手前ぇ、なにが言いてぇんだ」

隠仁太郎は「ヘンッ」と笑って大胡坐《おおあぐら》をかき直した。完全に開き直った態度だ。

「こっちも裏街道を渡り歩いた悪党だ。いろいろと話が聞こえてめぇりやすぜ。たとえば、倉賀野から引き出されて、江戸に向かう途中で消えちまった御蔵米《おくらまい》の話とかね」

辰兵衛は黙り込んだ。迂闊《うかつ》な物言いはできないと覚《さと》ったからだ。その顔つきを見て、隠仁太郎はますます調子に乗ってきた。

「御蔵米は、船が覆《くつがえ》って流されたんじゃぁねぇ。倉賀野の河岸問屋《かしどいや》の江州屋さんと、そこにいる親分さんとが示し合わせて横流ししたんだ」

「なにを抜かしていやがる」

「もっとも、こっちにゃあ証《あかし》がねぇ。だがねぇ辰兵衛親分。八巻ノ旦那は江戸一番の同心サマだ。あっしが『これこれこういう噂がございやす』と訴え出れば、すぐにも調べをつけちまうんじゃねぇんですかね。大《で》ぇ丈夫《じょうぶ》なんですかい？御蔵米の横流しは重罪だ。江州屋の旦那と一緒に、獄門台で首を並べることにならなきゃいいんですがねぇ？」

「チッ、口数の多い野郎だ」

辰兵衛は舌打ちして横を向いた。隠仁太郎は「へへっ」と笑った。

「どうやら、あっしに告げ口されちゃあ困るご様子ですな」

「手前ぇ、何が望みだ？」

「さいですな。差し当たっては、八巻ノ旦那に突き出すのだけは、ご勘弁《かんべん》願いてぇ」

「そこまでこっちの悪事を知られたからには、役人なんぞに突き出せるもんかい」

「それじゃあ、ただ今からは兄弟分ってことで、酒でも用意していただきましょうか。固めの盃《さかずき》と洒落《しゃれ》込みましょうぜ」

「手前ぇッ、調子に乗りやがって！」

俠客にとって盃ごとは一生の大事だ。洒落や悪ふざけは許されない。激怒した辰兵衛が拳を握ると、隠仁太郎はパッとその場を飛び退《の》いて避《よ》けた。

「おっと、あんまり騒ぐと八巻ノ旦那に気づかれやすぜ。ここはお互い穏便《おんびん》に行きましょうや」

「誰が手前ぇみてぇな小鼠《こねずみ》と盃を交わすもんかよ」

「したけど親分、あんたは俺と手を組むのが一番なのさ。八巻ノ旦那にいつまでも宿場に居座られたんじゃ、いずれは横流しが露顕《ろけん》する」

「だったら、どうだっていうんだい」

「俺が八巻の目を惹《ひ》きつけやすぜ。御用米の一件なんか、どうでも良くなる一大事を起こしてやりやさぁ」

「なんだと」

隠仁太郎は声をひそめた。

「あっしは三国屋徳右衛門をかどわかしてぇのさ。あっしのかどわかしが首尾よく運べば、江戸一番の両替商の一大事だってことになる。三国屋はご老中様の金《かね》蔓《づる》だってぇ噂もある。八巻は徳右衛門を取り戻すためにどこまでも、あっしを追ってくるのに違《ちげ》ぇねぇんで」

「すると、この宿場からは出て行くってことになるな」

「そういうこってす」

隠仁太郎はニヤリと笑って座り直した。

「どうですね？　盃を用意する気にはなりやしたかね」

辰兵衛は渋い顔をして腕を組んでいる。隠仁太郎は余裕たっぷりにヘラヘラと笑い続けた。

二

美鈴は雨の中、中山道を旅し続けている。

江戸から鴻巣宿までは飛ぶような速さで歩を進めてきた美鈴であったが、ここにきて急に足が遅くなった。振り返れば、背後には旅の娘の姿がある。美鈴とは五間（約九メートル）ばかりの距離をおいてついてくる。

娘に一人旅をさせるわけにはいかない、美鈴はそう思い、つかず離れずの距離を保って歩いている。若い娘の足は遅い。というよりも若い娘でありながら美鈴が健脚すぎるのだが、とにかく旅が、はかどらない。

（あの娘、いったいどこを目指しているのであろう）

焦りを感じないでもなかったが、

(いずれにせよ、あの娘でも、旦那様より足が遅いということはない)

卯之吉の足はもっともっと遅い。娘に合わせて歩いていてもいずれは追いつくことができるはずだ。

そんなことを考えていた、その時であった。

「大《て》ェ変《へん》だーッ」

道の先から男が一人、泥を蹴立《けた》てて走ってきた。

「宿場が神憑《かみつ》き様に襲われたぞーッ！　打ち壊しだぁ！」

叫び散らしながら美鈴たちの横を過ぎて、次の宿場へと走っていった。街道筋に急を知らせる役目の者なのに違いなかった。

打ち壊しとは、一揆《いっき》の衆が町の破壊や略奪をすることをいう。

(宿場が襲われただと？)

確かに天下の一大事である。

(これより先、旅を続けることはできんな)

美鈴は、どうしたものかと考え込んだ。振り返れば、娘も不安そうに佇《たたず》んでいる。

この娘に関わらなければ、もっと先に進むことができていたのか、それとも娘に歩調を合わせたお陰で、打ち壊しに巻き込まれずにすんだのか、それはわからない。

「娘御《むすめご》」

美鈴は娘に声を掛けた。

「聞いてのとおりだ。ここから先へは進めそうにない」

娘は細い眉をひそめ、唇をきつく結んでいる。返事もしない。よほどに一刻《いっこく》な性格なのか、それとも他人を警戒しているのか。

「ともかく、元の宿場に引き返そうか」

一揆が暴れている最中に、みすみす踏み込んでいく馬鹿はいない。武芸者の美鈴でもそんな危険は冒さない。

ところが娘は、険しい顔のまま立っている。引き返す様子もない。

(世話が焼けるな)

このままここに一人で残しておくのも危険だ。ここは武蔵国の北部。博徒や渡世人が流れ歩いている。かどわかされて女衒《ぜげん》に売られたら、それまでだ。

「そなたは、いずこに向かおうとしているのだ」

美鈴は質《ただ》した。娘は横を向いたまま答えた。

「放っておいてください」

「馬鹿を申すな。こんな所に放っておけるものか。剣呑《けんのん》すぎる」

「剣呑なことは、あなたに言われなくても、わかっています」

娘は美鈴の横をプイと通りすぎて、先に進もうとした。

「やれやれ」

美鈴はため息をついた。他人の言うことにはなんでも逆らいたくなる年頃なのだろう。そうやって自分はもう子供ではない、ということを確認して、成長していくわけだが、それで死んでしまったら元も子もない。

（こうなったら、当て身を食らわせてでも引きずり戻すぞ）

美鈴が足音を忍ばせて忍び寄っていくと、ふいに娘が、背を向けたまま答えた。

「あたしのことなら大丈夫です。その打ち壊しの中に、きっと姉さんがいるはずですから」

「なんだと？」

「だから、どうしても、そこに行かなければならないんです」

娘は姉に会うために旅をしてきたのか。

「そうは言うが、一揆の衆の皆が、そなたの顔を見知っているわけではあるまい。見境もなく襲われたら、それまでだぞ」

「姉の名前を出せば、きっと大丈夫です」

それは本当のことなのか、それとも世間知らずな娘の思い込みなのか。

「そなたの姉は、一揆の首魁《しゅかい》なのか？」

娘は答えずに進んでいく。彼方《かなた》の地平に黒煙が見えた。襲撃された宿場が燃えているのに違いない。

「ひとふたみよ……ふるべゆらゆらとふるべ……」

祝詞《のりと》を唱える集団が蟻《あり》の群れのように押し寄せてきて、中山道新町宿《しんまちしゆく》の木戸に流れ込んだ。宿場の旅籠《はたご》や店《たな》の表戸を破壊する。泥に塗《まみ》れた草鞋《わらじ》を履いたまま上がり込んでは、銭箱をひっくり返し、家財道具を略奪した。

宿場は端から順番に、徹底的に破壊されていった。宿場の住人や役人たちが算を乱して逃げまどう。役人といっても身分は町人だ。戦うことなどできはしない。こういう事態に備えて宿場に縄張りを構えているはずの俠客の一家は、真っ先に逃げ出してしまった。

「おもしれぇや！　どんどんブッ壊せ！」

打ち壊しの先頭に立って暴れているのは早耳《はやみみ》ノ才次郎《さいじろう》であった。この打ち壊しには天満屋一派の策略も絡んでいたのだ。

石川左文字《いしかわさもんじ》も、懐を銭袋で膨らませた姿で商家から出てきた。

「役人どもめ、こうも大勢で攻めかけられたのでは手も足も出るまいよ」

二人の背後を蓑笠《みのがさ》を着けた集団が走っていく。手には農具や、掛矢《かけや》や鳶口《とびぐち》などの大工道具を握りしめていた。

さらには火までが放たれた。数日来の雨で濡れた建材に火がついたのは、油を撒《ま》いているからだ。煙が吹き寄せてきて才次郎は煙たそうな顔をした。

「なにもかも元締の思惑どおりだ。これだけの大騒ぎになりゃあ、八巻もじっとしていられめぇ。八巻の後ろ楯《だて》の老中サマも責めを負わされるこったろうぜ」

「うむ……」

急に石川左文字は訝《いぶか》しげな顔つきとなって、首を傾《かし》げた。

「なんですね。なんぞ気にかかることでもあるんですかえ」

石川は「ある」と答えた。

「初めの策では、関八州で事を起こして、八巻をおびき寄せる——という話であった。江戸から引き離せば八巻の神通力も半減するはずだ、とな」

「だから、こうして騒動を起こしてるんでしょうに」

「だが、これはあまりにも大騒動にすぎる。隠密廻同心に取締りを命じるどころの話ではないぞ」

「元締には、なんぞご思案があるんでしょうぜ」

「それならば良いが……」

「なんですね」

「よもや、お峰が勝手にやっていることでは、あるまいな……？」

石川は思案顔で顎など撫《な》でながら、目でお峰の姿を探した。


五街道の宿場は、元々は、徳川軍の行軍を円滑ならしめるために造られたものである。大量の軍兵が宿泊できるように、旅籠と糧食と軍用馬を常に用意するように義務づけられていた。

しかし宿場にとってそれは重すぎる負担であった。普通に旅籠を経営していただけでは必ず破綻《はたん》してしまう。

そこで幕府は、宿場に対して売春業を営む許可を出した。売春で稼いで、その金で宿場を維持しろ、というのだ。

新町宿にも、何軒もの飯盛《めしもり》旅籠が建てられていた。飯盛女という名目の遊女たちが労働を強要されていたのである。

吉原などの色街を真似しているのだろう。ベンガラ格子《ごうし》の張見世《はりみせ》が街道に面して並んでいる。そこへ掛矢を構えた大男が一斉に襲いかかって、力任せに見世を破壊し始めた。

「キャアアッ」

見世の中から女たちの悲鳴が聞こえてくる。大男はかまわず、見世の表戸を叩き割った。

「もう、それぐらいでいいよ」

蠟引《ろうび》きの合羽《カッパ》を着けたお峰が踏み出してきた。大男を制する。大男が破った戸口をくぐって、見世の中に入った。

帳場には誰の姿もない。銭箱がひっくり返って小銭が床に散乱していた。見世の主や使用人たちは帳簿と銭だけを持って逃げたようだ。

お峰は草鞋履きのまま床にあがって、帳場の裏の棚を探り始めた。引き出しを開けて紙の束を摑《つか》みだし、パラパラと捲《めく》って書面を確かめると、無造作に懐に突っ込んだ。

それからお峰は見世の奥へと進んだ。ズンズンと廊下を渡って、奥の板戸を開けた。

ムッと白粉《おしろい》の匂いが鼻を突いた。お峰の面相が険しく歪《ゆが》んだ。

奥の座敷では遊女たちが身を寄せ合って震えていた。踏み込んできたお峰を見上げて「ヒイッ」と悲鳴をあげた。

「怖がるんじゃないよ。あたしはあんたたちの味方さ」

そう言って、懐から紙の束を摑みだした。

「これはあんたらの身請《みう》け証文だろう」

女たちが借金のカタとして売られたことの証拠が記されている。借金額を売春で稼いで返済するまで、自由を束縛されるのだ。

お峰は遊女たちの目の前で、証文をビリビリと引き裂いた。

「これであんたらの借金はなくなった。どこへ行こうと勝手さ」

遊女たちは――否、これでもう遊女の身分を脱したわけだが――突然に何が起こったのか理解できない顔つきで目を丸くさせていたが、すぐに自分たちの借金が帳消しになったと気づいて、パッと表情を明るくさせた。

お峰は笑顔で頷《うなず》き返す。

「さぁ、どこへでも好きな所へお行きな」

女たちは襦袢《じゆばん》の襟を直し、帯を締めながら立ち上がった。こんな浅ましい場所に寸刻たりともいたくはない、という様子であった。

ところが、一人だけ不貞腐《ふてくさ》れたような表情で横を向いている女がいた。顔を白粉で塗り隠した年増《としま》だ。どれだけ化粧を厚くしても、弛《ゆる》んだ頬や顎の肉が加齢を感じさせていた。

「証文を破かれたからって、今更《いまさら》どこへ行けるって言うのさ」

女たちがハッとして目を向ける。年増女は開き直ったように、お峰に白い目を向けた。

「アタイらは家が貧しいから親に売られたんだ。捨てられたんだよ。家に戻れるわけがないだろ。帰ったって、また女衒に売られるだけさ」

女たちの表情が一斉に曇る。年増は憎々しげに続ける。

「こんなに汚れちまった身体《からだ》じゃあ、百姓の女房になれるわけがない。誰が嫁にもらってくれるっていうんだ。どこにも行き場なんかないのさ。どのつまりはお天道様の下を飢えてうろつき回って野垂《のた》れ死に。だったらこの宿場で女郎として腐り果てちまったほうがマシってもんさ」

女たちが静まり返る。年増女の言うことはもっともだった。いっとき糠喜《ぬかよろこ》び
した女たちも、現実を思い知らされて、その場にガックリと膝をついた。

「そんなことはないさ」

お峰が明るい声で言った。

「仕事はある。あんたらにやる気があるんなら、当座の寝床と飯ぐらいは用意し
てやれるよ」

年増女は疑わしそうに目を向けた。

「どんな仕事があるってんだい、姐《ねえ》さん」

ここでお峰は養蚕《ようさん》業について手短に説明した。

「そういうわけだからね、こっちも女手が必要なのさ。あたしがこの飯盛旅籠を
襲わせて、あんたらの証文を破り捨てたのには、そういうわけがあったのさ」

「蚕《かいこ》を飼えば、こんなアタイらでも生きてゆけるって言うのかい」

年増女の顔に希望の光が差した。

他の女たちも目を輝かせている。

「姐さん、オラはやるよ！」

「オラもだ！　蚕小屋に連れていってくれろ！」

貧しい百姓の娘たちだから言葉づかいは酷《ひど》い。お峰は馬鹿にすることもなく頷き返した。

「任せておきよ。あんたらの身の立つようにしてやるからね」

女たちは歓声を上げた。今度は年増女も一緒になって喜んでいた。

お峰は女たちを引き連れて表道に出た。

「引き上げるよ！　そろそろ代官所の手勢が出張ってくる頃合いさ」

「へぇい」

と答えた才次郎が物見櫓《ものみやぐら》の梯子《はしご》をスルスルと上り、吊るされていた半鐘《はんしょう》を叩き始めた。

「引き上げだァ！」

一揆の者たちが祝詞をあげながら集まってくる。女たちは恐々《こわごわ》と顔を見合わせた。

「世直しの生き神様を拝む人たちだよ。さぁ、あんたらはこの中に交じって逃げるんだ」

尻込みをしていた女たちは、意を決して信徒の群れに入った。

信徒たちは祝詞を唱えながら雨の中を去っていく。押し止《とど》めることのできる者は、やはりどこにもいなかった。

雨は降り続ける。火を放たれた旅籠がブスブスと白い煙を上げていた。

三

「隣の宿場が襲われたって？」

倉賀野宿の本陣で由利之丞が素《す》っ頓狂《とんきょう》な声を上げた。

この本陣も悪党一味に襲撃されて、板戸や壁が壊されている。雨の中では大工や左官も仕事にならない。由利之丞は吹き掛ける雨を避けて、座敷の奥に座っていた。

「おぅよ」

と答えたのは荒海ノ三右衛門である。

「生き神様を拝む信徒どもめが、とうとう本性を現わしやがった。打ち壊しはするわ、女郎は攫《さら》うわ、火はつけるわで大変な騒ぎになっているようだぜ」

「ふ〜ん。で、それがオイラになんの関わりがあるってんだい？」

「馬ッ鹿野郎！」

三右衛門が激昂《げっこう》した。

「こんな時こそ八巻ノ旦那の御出座《ごしゅつざ》じゃねぇか！　悪党どもをとッ捕めぇて、宿場の連中を安堵《あんど》させるのよ！」

「ちょ、ちょっと待っておくれよ」

由利之丞は顔色を変えて慌てた。

「オイラは八巻ノ旦那じゃない。その替え玉だよ」

「そんなこたぁわかってら！　いいや、街道筋の連中は、手前ぇが替え玉だってことまではわかってねぇ。八巻ノ旦那が倉賀野宿に出張っていなさると思ってるんだ！　考えてもみろ。八巻ノ旦那が隣の宿場の騒動に知らん顔をするもんかい！」

「それは、そうだろうけど……」

「八巻ノ旦那のご面目《めんぼく》がかかってるんだ。さぁ、出掛けるぞ！」

三右衛門の言わんとしていることはわかる。南町奉行所の同心、八巻は、江戸一番の辣腕《らつわん》同心で剣の達人だ。そういうことになっている。その評判どおりの人間だとしたら、脇目もふらずに駆けつけることだろう。

(だけどさ、三国屋の若旦那は、そんな気合の入った御方じゃないよ)

そのうえさらに、自分はその影武者だ。

「面倒な話になったなぁ……」

「なにが面倒だ！　さんざん旦那の世話になってるクセしやがって！」

「困ったなぁ」

卯之吉のために精を出せば、卯之吉はたんまりと褒美《ほうび》を弾んでくれる。それに今は荒海一家の世話になっている身だ。ここで放り出されたら役者一人では生きてゆけない。

「わかったよ。江戸一番のお役人様の芝居をすればいいんだろう。だけど言っとくけどね、オイラに剣戟《けんげき》は無理だよ」

「そんなこたぁ百も承知だ。八巻ノ旦那みてぇに剣を使えとまでは言わねぇよ」

（いいや、なにも承知してないよ、この親分さんは）

ここまで長い付き合いなのに、まだ卯之吉の本性に気づかないとはどういうことか。由利之丞は首を傾げたくなった。

「腕っこきの若《わけ》ぇもんをつけてやるから心配《しんぺ》ぇするな。さぁ行くぞ！」

三右衛門が座敷を出ていく。由利之丞は渋々ながら腰を上げて従った。

「出てきやがったぞ。あれが八巻だ」

倉賀野宿の通りに面した物陰に、笠を深く被《かぶ》り、蓑で風体を隠した男たちが潜《ひそ》んでいた。天満屋の元締が八巻を見張るためにつけた悪党たちだ。人数は五人。稲荷《いなり》の社《やしろ》で雨宿りするふりをしながら、本陣の様子を窺《うかが》っていたのであった。

荒海ノ三右衛門と強面《こわもて》のヤクザ者たちを引き連れながら、痩身の男が颯爽《さっそう》と表に出てきた。

「やれやれ、生き神様め、ついに本性を現わしやがったか。この八巻の行くところ騒動ありだ。フン面白《おもしれ》ぇ、望むところよ」

などと聞こえよがしに高言《こうげん》している。

「噂どおりに役者のような色男だ。間違いねぇ」

額《ひたい》の古傷が目立つ悪党が、面相をほっかむりで隠して、そう言った。

狸《たぬき》のような顔つきの悪党が頷き返した。

「どこへ行くつもりだろう」

「隣の新町宿に決まってらぁ。お峰姐さんや早耳ノ兄ィが荒らしてる」

「八巻を誘《おび》き出そうって策は、うまいこと当たったようだな」

「だが……、あの様子を見たら、そうとも言い切れねぇぞ」

八巻の周りには荒海一家の荒くれ者どもがついている。皆、長脇差《ながどす》を腰に差し、油断のない物腰だ。

「おまけに八巻はヤットウの使い手だ。あんな優男《やさおとこ》のくせしやがって、居合斬りの速さは天下一だとの評判だぜ」

ヒョロヒョロとした頼りない姿からはまったく想像しがたい話だが、実際に大勢の人斬り浪人たちが八巻の剣の前に敗れていった。

「虫も殺さねえようなツラをして、まったく恐ろしい野郎だぜ」

悪党たちは揃って震え上がる。

「鉄砲を使ったら、どうなんだい」

狸顔が言うと、額に傷のある男は首を横に振った。

「この雨じゃあ、火縄も弾薬《たまぐすり》も湿っちまうだろ」

「なるほど、鉄砲は使えねえな」

「あっ、動き出したぞ」

荒海一家を引き連れて、八巻が颯爽と、肩で風ならぬ、雨水を切りながら歩きだした。目指すはやはり新町宿だ。

悪党たちは雨に身を隠しながら、後を追い始めた。

「これは酷い……」

新町宿に入った美鈴は、略奪の跡を一瞥《いちべつ》して茫然《ぼうぜん》となった。

雨足はますます強くなっていたが、火を放たれた旅籠の残骸はしつこく白煙を上げている。よほど念入りに油を撒いてから火をつけたものと思われた。

すでに打ち壊しの一行は立ち去った後のようだ。宿場の者たちが戻ってきて、立ち尽くしている。

「お前さんがたはいったいなんだね。こんな所にいちゃ危ないよ」

ふいに声を掛けられてふり向くと、老人が杖《つえ》にすがって立っていた。小姓のような若侍（美鈴）と娘の二人連れを見て、心配になったらしい。

「ご老体」

逆に美鈴は問い返した。

「この騒動はいったい……。役人は何をしているのです」

老人は首を横に振ってから答えた。

「宿場役人じゃあ、どうにもならなかったよ。隣の宿場には、八巻様っていう、ドえらい御方がいらっしゃると聞いたが……。八巻様が駆けつけてきてくだされば、どうにかなったかも知れないがねぇ」

「旦那様が」

確かに卯之吉はドえらい大金持ちだが、しかし、役人としての手腕は、あるんだか、ないんだか、美鈴にもよくわからない。この事態に対処できたかどうかもわからない。

いずれにしても、世間の噂とは裏腹に虚弱な男だ。

（打ち壊しの騒動に関わったりしたら……）

たちまちのうちに踏み潰されてしまうだろう。

その時であった。

「退《ど》け退けぃ！　八巻ノ旦那のご出役《しゅつやく》だぞ！」

街道の向こうから荒々しい声が響いてきた。

（あれは、荒海一家の若い者か）

先触れとして走ってくる男の顔には見覚えがあった。

（旦那様が乗り込んで来るのか。どこに一揆の者が潜んでいるとも知れぬのに）

ここはいつものように自分が用心しなければならないようだ。まずは卯之吉と合流せねばならない。

美鈴は娘に「ここにおれ」と言いつけて走り出した。

荒海一家のヤクザ者たちが尻《しり》っ端折《ぱしょ》りをして駆けてくる。その中にはヨタヨタと足どりも不確かな優男の姿もあった。

「打ち壊しの不届き者はどこだ。この八巻が駆けつけて来たからには、好き勝手な真似はさせねぇぜ」

大根役者のような台詞《せりふ》回しで偉そうに言い放っている。美鈴は「えっ？」と声を漏らした。

（あれは……、由利之丞さん？）

どうして役者の由利之丞がここにいるのか。美鈴は素早く駆け寄って、

「おい」

と声を掛けた。

由利之丞はすぐに美鈴と気づいたようだ。「あっ」と目を丸くさせた。

「あんた、どうしてこんな所に」

「それはこっちの台詞だ。なぜお前が旦那様のふりをしている。旦那様はどこだ」

由利之丞は「おっと」と言って、片手を突き出した。

「オイラは若旦那の御用の手助けで、影武者をしてるんだ。あんたもそのつもりで芝居につきあってくれなくちゃ困るよ」

「む……」

美鈴は不本意ながら頷いた。

「それで、南町の八巻様。うちの旦那様はどこにおられるのでしょうか」

「それなんだけどさ、あんた、弥五《やご》さんを見かけなかったかい」

「水谷殿か？　いいや。……水谷殿も来ているのか」

「上州には来てるはずなんだけどさ、ちょっとわけありで姿を隠してるのさ」

「うちの旦那様と一緒なのか」

「多分、一緒じゃない」

「うちの旦那様はどこにいるのだ！」

由利之丞の襟首《えりくび》を摑んで締め上げようとしたところへ、三右衛門がやって来た。

「そこにいるのは女剣戟じゃねぇか。なんだってここにいる」

「荒海の親分、うちの旦那様はどこ？」

「心配ぇいらねぇ。旦那は悪党を追って行かれたぜ」

「えっ、なにッ？」

美鈴は激しく取り乱した。由利之丞を街道の端の物陰に引っ張りこんだ。

「……旦那様は、どうなっているのだ！」

由利之丞は渋い顔つきで首を横に振った。

「それがさ、どうやら、銀八さんともども、行き方知れずになったみたいなんだよ」

「なんだって！」

「若旦那のことだから、どこかの宿場にしけこんで、派手に遊んでるんだと思いたいんだけどね……」

「いや、待て」

美鈴は悪い予感に襲われた。卯之吉は道に穴があいていれば必ずはまり、道の脇に土手があれば必ず転がり落ちる男だ。

（川岸の土手など歩いていたなら、どうなる）

間違いなく川面《かわも》に落ちて流される。

「こうしてはおられぬぞ！」

「オイラもそう思うんだけど、なにしろ、なんの手掛かりもない。銀八さんみたいに目立つお人が一緒にいるのに、誰も『見た』っていう人がいないんだよ」

荒海一家の若い者が近在の街道や脇街道を走り回って聞き込みをしている。それなのに卯之吉の行方は、杳《よう》として知れない。

「どうする！」

「オイラに訊《き》かれたってわからないよ。この大雨だし、神憑き様の信徒たちが騒ぎを起こしてる。街道筋の役人や親分衆もそっちにかかりっきりだ」

「役立たずッ」

「ちょっと待って。オイラは南町の八巻だよ？　そんなふうに罵《ののし》られたら困るじゃないか。宿場の人たちに見られたらどうするのさ」

「知ったことか！」

その瞬間であった。向かい合う美鈴と由利之丞の鼻先に、ズドンと、一本の矢が突き刺さった。一瞬、何が起こったのか理解できずに、美鈴と由利之丞は目を丸くさせた。

「敵襲だッ」

美鈴は我に返って叫んだ。そして由利之丞を思いっきり突き飛ばした。

「うわっ」

由利之丞が真後ろに転がって尻餅《しりもち》をつく。美鈴は腰の刀を抜いた。次々と飛来する矢を斬り払い、打ち落とした。

三右衛門も、子分の粂五郎《くめごろう》や常次《つねじ》を従えて駆けつけてくる。美鈴は道を挟んで向こう側に建つ、旅籠の二階を指差した。

「曲者はあそこだ！」

「任せとけ！」

粂五郎が長脇差を抜いて走る。旅籠の障子戸を蹴破って突入した。

荒海一家の子分たちが道を横切って突進していく。由利之丞は慌てた。

「ま、待って！　オイラをおいて行かないで……！」

先ほどまでは南町奉行所の八巻として偉そうに見得《みえ》を切っていたのだが、今はそんな意気地《いくじ》もない。

続いて宿場の奥から、ドドドドッ、と、馬の蹄《ひづめ》の音が轟《とどろ》いてきた。

「放れ馬だ！」

三右衛門が叫んだ。

「宿場の厩《うまや》に繋《つな》がれていた馬を、何者かが追い立てたのに違《ちげ》ぇねぇ！」

馬の群れはこちらに向かって突進してくる。

「どうしてこっちに来るのさ！」

由利之丞が悲鳴を上げた。美鈴はチラリと振り返った。

「荒海一家を混乱させるために違いあるまい」

「そんなことをして、どうするの」

「曲者どもの狙いは南町奉行所の同心、八巻様のお命に相違ない。八巻様をこの地に誘い出して、仕留める策だったのだろう」

「えっ……」

由利之丞の顔面が蒼白になった。馬が泥を蹴立てて突進してくる。

「逃げろッ」

三右衛門が叫んだ。由利之丞は頭を抱えて駆け出した。物陰に飛び込んで身を隠し、暴走馬をやり過ごす。凄《すさ》まじい勢いで馬が走っていく。地面が大きく揺れた。

（だけど、逃げろったって、どこへ――）

様子を窺うために顔を上げて、ギョッとなった。雨の中、真っ黒な人影が、抜き身の長脇差を光らせながら殺到してくる。凄まじい殺気を放っていることが由利之丞にもわかった。

（若旦那を殺しに来たんだ！）

つまりは自分を殺しに来た、ということである。

「冗談じゃない！　美鈴様、お助けッ」

美鈴はこんな時でも冷静だ。雨具を黙々と脱いでいる。

「なぜお前を助けねばならんのだ」

口調が冷徹な剣客のものになっていた。

「だってオイラは若旦那の評判を上げるために働いてるんだよ？　オイラがここで斬られたら、若旦那の評判がガタ落ちじゃないか。みんな、オイラのことを南町の八巻様だと思ってるんだから！」

「来たぞッ」

またも美鈴に突き飛ばされた。由利之丞は泥の中に転がる。剣客浪人らしき男が白刃《はくじん》をきらめかせて突っ込んできた。美鈴は素早く抜き合わせた。

「ドオッ！」

「たあっ！」

剣客二人の声が響く。ギインッと鋭い金属音がして、打ち合わされた刃《やいば》から黄色い火花が飛び散った。

（い、今のうちに……！）

由利之丞は這《は》いつくばったまま、コソコソとその場を逃れた。背後では刀と刀の打ち合う音がしていたが、美鈴のことなどかまっていられない。

（荒海の親分さんは、どこッ？）

とにかく誰かに庇《かば》ってもらわなければならなかった。

「八巻が逃げるぞ！　追えッ」

曲者の一人が叫んだ。泥を撥ねながら足音が殺到してきた。

「ひえええっっ！」

由利之丞は泣き叫びながら逃げた。


美鈴と浪人は互いに背後に飛んで、間合いを取った。

「うぬうっ！」

浪人が呻《うめ》く。八相に構えた腕からツツーッと一筋の血が流れた。美鈴の打ち込みで小手に浅傷《あさで》を負ったのだ。

「貴様……、色小姓のような形《なり》をしおって……ただならぬ手際。いったい何者だ」

美鈴は、裏街道の剣客崩れなどに名乗るつもりはない。代わりに別のことを訊《たず》ねた。

「その剣で、どれだけの人を斬ってきたのだ」

雨が激しく降りつける。美鈴は瞬きもしないで浪人を睨《にら》み据えた。

浪人は「フン」と鼻を鳴らしてせせら笑った。

「数えきれぬわ」

「それならば」

美鈴は剣をスッと上段に構える。

「情けをかける必要もないな。すまぬがそなたは強すぎる。峰打ちをする余裕はない」

「猪口才《ちよこざい》な！」

浪人が斬り込んできた。美鈴は剣を振り下ろした。切っ先がグサリと浪人の肩に斬りこんだ。

「ぐわあああっ」

肩から血を噴き上げながら浪人が倒れる。泥水に塗れてもがきながら、なおも刀を握り直そうとして、やがて力尽きた。

「こ、この剣の腕の冴え……。貴様……いったい何者……。そうか、貴様が本物の八巻……！」

そう呟《つぶや》いたのが最期であった。

美鈴は刀をビュッと振って、刀身についた血を払った。

「わたしは本物の八巻などではない」

とは言ったものの、これまで同心の八巻が斬り捨ててきたことになっている悪党たちを、本当に仕留めてきたのは、美鈴と水谷弥五郎《やごろう》だ。

「む……。わたしが本物の八巻だという物言いも、あながち間違ってはいない」

などと答えたが、浪人はとっくに息絶えている。

「由利之丞さんは、どうなったかな」

見殺しにするのも可哀相《かわいそう》なので、美鈴は由利之丞の姿を探して、宿場の中を走った。

雨はますます激しさを増している。馬は狂奔《きようほん》し、宿場を行ったり来たりした。

走り回っている黒い人影は、荒海一家か悪党どもか。

由利之丞は宿場の外れで物置小屋を見つけると、建てつけの悪い戸を開けて中に飛び込み、ピシャリと後ろ手に締めた。

（いったいなんなんだよ、この災難は）

元はといえば、自分が水谷弥五郎についてきたことが悪いのだが、そんなことはすっかり忘れている。

由利之丞は深々と溜め息をついて、その場にへたり込んだ。

と、その時であった。由利之丞は、小屋の奥の闇の中から、自分を見つめる者がいることに気づいた。

「だ、誰ッ？」

慌てて立ち上がって身構える。目を凝らすと、小屋の中に積まれた木箱の陰に、一人の娘が隠れているのが見えた。

（なんでぇ、娘っ子かよ）

良く見れば、なかなかに目鼻だちの整った娘だ。由利之丞は役者である。若い娘に目を向けられれば、たちまち別人格が乗り移ってしまう。

由利之丞はスックと立つと、襟をキュッと引っ張って直した。舞台稼業で鍛えた見得を切る。

「おうっ、もう大《で》ぇ丈夫《じようぶ》だ。案じることたぁねぇ。この南町の八巻が駆けつけてきたからには何も心配ぇいらねぇぜ。悪党どもはすぐにも退治してくれようから安心しろィ」

などと言ってのける姿だけ見れば、たった今まで泣き叫びながら逃げまどっていた男とは思えない。

「み、南町奉行所の……八巻様？　あなた様が？」

娘が震える声で質してきた。

「おうよ。オイラが今お江戸で大評判の八巻サマよ」

そう答えつつ、チラリと罪の意識を感じないでもなかった。

(でもまぁ、本物の八巻サマも、辣腕同心でも剣客でもなくて、弥五さんたちに悪党を斬ってもらってるんだしな……)

南町の八巻は最初から虚構の存在なのだ。だから由利之丞が八巻を名乗ったところで、それで八巻卯之吉という作り物の同心の名が揚がるのならば問題はない。

(それにしても、若旦那は、どうして悪びれた様子もなく、同心の八巻様を演じていられるんだろうな？)

よくよく考えてみれば、あんな質《たち》の悪い男は滅多にいない。

（おかげでこっちは大迷惑だ）

これまでたっぷりとご褒美を頂戴《ちょうだい》しておきながら、由利之丞はそう思った。

それはさておき、今はこの娘の前で見得を切り続けることが大事だ。

「悪党どもは、オイラの子分がやっつけてる。だからお前《め》ぇは、何も案じることはねぇんだよ」

そう言いながら、外から聞こえる喧騒《けんそう》が一刻も早く止んでくれないかな、と願うばかりだ。

その時であった。荒々しい足音が外から聞こえてきた。

「八巻ッ、どこだッ」

「こっちのほうで、八巻だと名乗る声がしたぜ！」

（しまった、悪党だ！）

由利之丞はうろたえた。娘を外に追い出して、いま娘が隠れている場所を横取りして身を潜めるのが得策ではないだろうか、などと考えた。

ガラッと背後で戸が開けられた。

「あっ、八巻！」

（しまった！）

由利之丞は咄嗟《とっさ》に悪党を突き飛ばした。勢い余って表に飛び出してしまう。額に傷のある悪党や、狸に似た悪党に取り囲まれる格好となった。

「八巻様！」

娘の悲鳴が聞こえる。

由利之丞は無我夢中で跳んだ。狸に似た男の肩に手を掛けて、向こう側へと飛び下りた。由利之丞は端役《はやく》の役者だ。舞台の上では看板役者に投げ飛ばされたりしている。もちろん本当に投げられているのではない。投げる演技に合わせて由利之丞がトンボを切って、投げられたふりをするのだ。

そんな端役ばかりを演じているせいで身が軽い。芸は身を助くとはこのことかと思いながら包囲の輪を跳び越えて逃げた。

「待てッ！　逃がすな！」

悪党たちが吠える。泥水を蹴立てて追って来る。由利之丞は恐怖に泣き喚《わめ》きながら逃げた。そしてツルリと足を滑らせて転がった。

「もう逃がしゃしねえぞ、観念しやがれッ」

悪党たちが抜き身の刃を突きつけて来た。由利之丞も――同心の八巻に扮しているので、腰に刀は差していた。何がなんだかわからない。由利之丞は泥の中で這いつくばったまま刀を抜いた。

「野郎、抜きやがったぞ！」

「気をつけろ！　野郎は江戸で評判の使い手だ！」

そんな剣豪が泥の中で無様に四つん這いになったりはしないだろうけれども、悪党たちも頭が真っ白になっているのに違いない。四つん這いの由利之丞とそれを取り囲んだ悪党たちは、不可思議な距離を隔てて睨み合った。

そこへ掛け声も涼やかに美鈴が飛び込んできた。

「やあっ！」

掛け声は涼やかだが、全身泥だらけである。余所《よそ》でも悪党と戦ってきたのだろう。美鈴が剣を振るうたびに、悪党たちが撥ね飛ばされて真後ろに吹っ飛んだ。

荒海一家も駆けつけて来る。寸刻の乱闘で悪党たちは劣勢に追い込まれた。

「くそっ、敵《かな》わねえ！　引き上げだ！」

悪党たちが散り散りになって逃げていく。

「待てッ」

美鈴がその後を追った。

由利之丞だけが取り残された。刀を杖代わりにして立ち上がる。周囲では曲者たちが泥水まみれでのたうちまわっていた。

「まったく、凄まじい手際だよなぁ……」

いつものことながら美鈴の剣の腕前には感心させられる。

「お陰でこっちは命拾いしたよ」

そこへ荒海一家の三右衛門が駆けつけてきた。

「おいッ、大ぇ丈夫か！」

ホッと安堵した由利之丞は、溜め息と一緒に愚痴《ぐち》を漏らした。

「ちっとも大丈夫じゃないよ。こんな役目を務めていたら、命がいくつあっても足りやしない」

三右衛門はまったく聞く耳を持たずに鋭い目を四方に向けた。

「他の悪党どもは、どうした」

「みんな逃げたよ。美鈴様が追って行った」

と、そこへ、見知らぬ町人たちが十人ばかり、駆けつけてきた。

「江戸の町奉行所の、八巻様とお見受けいたしました！」

四十歳ばかりの町人が頭を下げる。

「手前は新町宿、宿場役人の長左衛門《ちょうざえもん》と申しまするッ」

他の者たちも宿場役人や木戸番に違いあるまい。長左衛門は雨に打たれながら平身低頭し続けた。

「手前どもが預かる宿場で、このような騒動が起こってしまい……面目次第もございませぬ……」

咄嗟に由利之丞は同心芝居に入った。キリッと眉を引き締めて、鋭い一瞥を投げつけた。

「なぁに、悪党どもはこれこのとおり、南町の八巻が退治してくれたから心配《しんぺ》ぇいらねぇ。逃げた悪党も手下の一人が追ってるところさ」

三右衛門が苦々しげな顔で舌打ちした。（調子に乗るな）と言いたいようだが、由利之丞は無視した。

「おい三右衛門。あっちにもオイラが斬り捨てた悪党が転がってるぜ。ちったぁ歯応えのあるヤツだったから、それと名の知れた剣客浪人だろうな。面体《めんてい》を検《あらた》めて来い。御手配書と突き合わせるんだ」

三右衛門は顔面を真っ赤に染めて激怒したが、宿場の者たちが見ている手前、由利之丞を折檻《せっかん》することもできない。

宿場役人たちは、

「さすがは八巻様」

「まったくお見事な御差配」

などと言って賛嘆している。由利之丞はますます得意気に見得を張った。

パシャパシャと小さな足音を立てて、小屋の中にいた娘が走り寄ってきた。

「八巻様」

「おう、お前ぇか」

由利之丞は真っ白な歯をキラッと光らせて微笑《ほほえ》みかけた。

「どうやら無事だったようだな。大ぇ事《でぇじ》がなくて良かったぜ」

娘はポーッと上気した顔つきで由利之丞を見つめた。

「八巻様のお陰でございます」

由利之丞は端役の役者である。舞台に上がっても客たちの視線は看板役者に集中し、由利之丞などには目もくれない。そんな不遇な毎日を送っていただけに若い娘に憧れの目を向けられて、すっかり逆上《のぼ》せあがった。

「なぁに、こんな田舎悪党なんざ、端《はな》からオイラの相手じゃねぇ。たとえるならば朝飯前の片手間仕事よ。礼を言われるまでもねぇぜ」

芝居がかった（というより芝居なのだが）この物腰に、若い娘はもちろんのこと、中年男の宿場役人たちまでもがウットリと見惚《みと》れている。三右衛門一人だけが地団駄《じだんだ》を踏んで悔しがっていた。

「お前ぇは、なんてぇ名前なんだい」

由利之丞が質した。娘は頬を染めて答える。

「吉《きち》と申します」

「お吉《き》っちゃんか。めでてぇ名前だ。見たところ旅姿だが、どこへ行こうってんだい」

「姉を探しているんです。きっと、この辺りにいるはずなんです」

「人探しか。よぅし、わかった。この八巻が手を貸してやるぜ。おい三右衛門。そういうこったからな、若い者《もん》を走らせろ！」

三右衛門が顔を真っ赤にしたり、真っ青にしたりした。どちらも激怒の兆候だ。

にもかかわらず由利之丞は高笑いの声を響かせた。

「さすがは八巻様……」

宿場役人が感に堪《た》えない、という様子で頷いている。八巻同心の評判はますます高まった様子であった。

四

楡木ノ隠仁太郎は土砂降りの中を疾走し、農村の外れに建つ、空き家の中に飛び込んだ。

ここ数年の冷害で農村は荒廃している。年貢を納められなくなった百姓は、罰を恐れて続々と逃散《ちようさん》した。田畑《たはた》と家を捨ててしまうのだ。

この空き家はそのようにして放棄されたものらしい。屋根は傾き、庭は雑草だらけで、誰も近づこうとはしない。逆に言えば悪党の隠れ家としてはうってつけだ。雨漏りの激しい囲炉裏端《いろりばた》には、元相撲取りの多々良山《たたらやま》と、水谷弥五郎が陣取っていた。

斜めになった戸口をくぐって入ってきた隠仁太郎に、多々良山が細い目を向けた。

「倉賀野宿の様子はどうだったたい？」

「それが妙なんだよ」

隠仁太郎は蓑笠を脱いで、鴨居から突き出た鉤《かぎ》に引っかけた。それから囲炉裏端に上がってきた。

「妙な話になってるぜ。三国屋の徳右衛門が、銭で百姓を集めているらしい」

「百姓を集めて何をしようというのだ」

水谷弥五郎が悪人面《づら》で質す。といっても最初から人相は悪いのだが。隠仁太郎は答えた。

「堤が切れて大水になるかも知れねぇってんで、新しい堤をこしらえるんだそうだぜ」

「堤を造るだと？　なにゆえ急にそんな話になったのだ」

「それがわからねぇから、妙な話だって言ってるんじゃねぇか」

水谷弥五郎は「ふぅむ」と考え込んだ。

多々良山は呑気《のんき》そうに、分厚《ぶあつ》い頬肉を緩《ゆる》ませている。

「好都合じゃないか。徳右衛門が堤の作事を指図《さしず》してるってんなら、百姓に化けて近づいて、かっ攫《さら》うって手があるぞ」

隠仁太郎は首を横に振った。

「馬鹿ぁ抜かせ。手前ぇはそのツラを見覚えられてる」

倉賀野宿の本陣に突入して徳右衛門を襲ったからだ。

「大丈夫だよ。あの夜は暗かったし、それに今度は顔を泥で汚してから行く」

「そう上手《うま》くはいくもんかよ」

　隠仁太郎は呆《あき》れ顔で横を向いた。


　雨の中、真っ黒になった百姓たちが集まってきた。二百人ぐらいは、いるだろうか。肩には鍬《くわ》などの農具を担《かつ》いでいた。

「さすがは庄田様でございますな。短い期日でよくぞこれほどの人数を集めなされたものにございます」

「世辞はいらねぇよ。オイラの手柄じゃねぇ。満徳寺様の御利益《ごりやく》だ」

　蓑笠を着けた徳右衛門と朔太郎が百姓たちを迎える。足元の道は、ほとんど川のようになっていた。どこからともなく流れ集まった雨水が、より低地の田圃《たんぼ》へと流れ落ちていくのだ。

「満徳寺様の寺領が水の底になる前に、手を打たねばなりませぬな」

　徳右衛門は前に踏み出していく。

「皆様、よくぞお集まりくださいましたな。手前が満徳寺様の御用商人、三国屋徳右衛門にございます」

「いつから御用商人になったんだよ」

朔太郎が呟くが、徳右衛門の耳には届かなかったようだ。

百姓たちが訝しそうに目を向けてくる。徳右衛門は蕩《とろ》けるような笑みを浮かべながら続けた。

「満徳寺様の御下命《ごかめい》でございましてな。これから満徳寺様をお守りするための堤を造りますよ。精を出してお働きください」

百姓たちはますますわけのわからぬ顔つきで、互いの顔色を窺った。

「ちょっと待つだ」

村の乙名《おとな》（名主の下にあって農民を束ねる顔役）であろうか、一人の男が踏み出してきた。

「堤を造ると言われても……今からだべか？　とてもじゃねぇが出水には間に合いそうにねぇだぞ」

今にも堤が決壊しようか、という騒ぎになっている。

「オラたちの村も、いつ流されるかわかったもんじゃねぇんだ。のんびりと畚《もつこ》運びなんかしていられねぇ」

百姓たちは「んだ、んだ」と頷きあった。

それでも徳右衛門は恵比寿《えびす》様のような微笑みを浮かべている。

「間に合うか間に合わないかは、この際どうでもよろしい。満徳寺様にご奉公中し上げている、という一事を、態度で示すことができればいいわけです」

手代の喜七と荒海一家の若い者が、大きな瓶《かめ》を荷車に載せて運んで来た。

「これをごらんなさい」

徳右衛門は瓶の口に被せてあった紙を取り除いた。瓶の中には口一杯まで、銅銭が詰まっていた。

「これが手間賃でございますよ。一日働いたなら、お一人につき二十文、お支払いいたしましょう」

「二十文……」

百姓たちは黙り込んだ。貧しい百姓にとって、それは少ない額ではない。まして この大雨だ。今年の収穫がどうなるかわからない。現金の蓄《たくわ》えは必要だ。

「本当に、働いたら、銭をくれると言うだか？」

「満徳寺様のお仕事にございますよ。万に一つも遺漏《いろう》はございません」

百姓たちは顔を合わせて、頷きあった。

「オラ、やるだ！」

「オラもだ」

乙名は少しばかり用心深い。徳右衛門に重ねて質した。

「出水に間に合わなくてもかまわない——という物言いに嘘はねぇんだな？　作事が間に合わなくて、罰を受けたりしたらつまらねぇ」

「もちろんなんの罪科《つみとが》にも問われませぬ。この三国屋がお約束いたしますよ」

乙名も納得して頷いた。

「わかっただ。それで、どこに土を盛りゃあええんだ？」

徳右衛門は朔太郎に顔を向けた。

「どこからどこまでが、満徳寺様の寺領なんでございましょうね？」

朔太郎は呆れた。

「そんなこともわきまえねぇで、仕事を請けたのかよ」

三国屋の財力があれば、どうにでもなるとたかをくっているのだろうけれど、まったくもって慮外《りよがい》な話だ。

(孫が孫なら、祖父も祖父だぜ)

卯之吉の顔を思い浮かべて、朔太郎は溜め息を漏らした。

第四章　再　会

一

　幕府の政庁が置かれた江戸城の表御殿が、朝から喧騒《けんそう》に包まれている。お城坊主たちが慌ただしく走り回り、普段は暇《ひま》そうにしている大番頭《おおばんがしら》たちが血相を変えて政庁を出たり入ったりしていた。

　大番とは徳川軍の備《そなえ》（部隊）のことだ。その頭《かしら》には大身《たいしん》の旗本が就任する。徳川幕府の武士たちは番方（軍人）と役方（行政官）に大別される。町奉行所や寺社奉行所、勘定奉行所などは役方だ。

　番方は普段、やるべきことが何もないので暇である。動員がかかるのは戦時だけだ。その番方の高官たちが表情を一変させている。何事か一大事が勃発したことは、誰の目にも明らかであった。

勘定奉行の山路左近将監が、摺《す》り足で足袋《たび》の裏を滑らせながらやって来た。老中御用部屋の前で膝を揃えて平伏する。

「左近将監にございまする」

老中御用部屋には、勘定奉行は入室できない。畳廊下に座って会話の遣《や》り取りをしなければならない。

「山路殿」

老中首座、本多出雲守は御用部屋に座したまま、廊下に控えた山路に鋭い眼差しを投げつけた。

「新町宿が賊徒に襲われたという報《しら》せが上がってきておるが、それは真《まこと》か」

山路は恐れ入ってますます深く低頭した。

「真にございまする！　神憑《かみつ》きなる者を奉じる信徒どもが宿場に乱入し、打ち壊しを働いた由《よし》にございまする」

「なんと！」

本多出雲守は大仰《おおぎよう》に驚いた。

「五街道の宿場は東照神君様《とうしょうしんくん》がお定めになったものぞ。宿場を襲うは公儀に対する戦《いくさ》に等しい！」

「まったくもって、仰《おお》せのとおりにございまする……。代官は元より、近隣の諸大名にも出兵を促《うなが》すのが得策かと心得まする」

「いや、待て」

出雲守は山路を制した。

「それは……、あまりにも性急ぞ」

出雲守は考えこんだ。確かに、五街道での騒擾《そうじょう》はすぐさま鎮《しず》めなければならない。さもないと物資の流通が停滞する。江戸は百万の人口を抱えている。食料や薪炭《しんたん》などが運ばれて来なくなれば、たちまち破滅的な事態に陥ってしまう。

しかしである。公領で打ち壊しが発生したことが満天下《まんてんか》に知れ渡ることも、またまずい。徳川幕府の膝元が崩れたと知れたなら、諸国の大名たちが何を企《たくら》むかわからないからだ。

(外様は元より、水戸《みと》や尾張《おわり》などの御親藩も、何を言い出すかわからん)

将軍家の体面が激しく損なわれる。ここは、何事もなかったように取り繕いつつ、事を収めなければならない。

（ええい、面倒なことになった）

しかも困ったことに幕府の総力を上げて対処することはできない。本多出雲守の失脚を期待する勢力は、逆に事態を悪化、長期化させようと図るに違いないからだ。

「ともかく、細心の注意を払って事に当たるぞ。焦ってはならぬ。〝急《せ》いては事をし損じる〟の謂《いい》もある」

山路が「ハハッ」と答えて平伏したその時であった。畳廊下をせわしなく、お城坊主がやって来た。

お城坊主は武士ではない。雑用担当の小者である。だから勘定奉行では踏み込むことのできない老中御用部屋にも入ることができる。

お城坊主は着物の襟に挟んできた書状を本多出雲守に差し出した。

「満徳寺ご住職様より、火急《かきゅう》の文《ふみ》が届きましてございまする」

「満徳寺じゃと？」

「使僧《しそう》の話では、ご住職様は、此度《こたび》の騒擾をいたくご心痛、有体《ありてい》に申しますれば怯《おび》えている、とのことにございました」

（満徳寺か！　新町宿の近くであったな！）

改めて思い出して、出雲守は慄然《りつぜん》とした。

満徳寺には歴代将軍の位牌《いはい》がある。寺が襲われでもしたら、取り返しのつかぬことになる。

（番方を送り出すべきか）

出雲守は激しく悩み、頭を抱えた。


天満屋は公領と江戸を忙しく往復している。今日は浅草橋に赴いて、酒井信濃守の中屋敷の門をくぐった。

御殿の庭に通される。雨で濡れた白砂の上に正座した。

まもなく信濃守が御殿の書院に入ってきた。庭に座る天満屋を見下ろすことのできる場所に立った。

「喜べ天満屋。出雲守めが取り乱しておったぞ」

喜んでいるのは信濃守のほうである。天満屋は無表情のまま平伏した。

「それは重畳《ちょうじょう》にございまする」

「まことにめでたい。そなたの策がこれほどまでに当たるとは、思いもせなんだわ」

「お褒《ほ》めの言葉を頂戴《ちようだい》いたし、この身の果報にございまする」

「満徳寺の住職も騒ぎ立てておる。大樹《たいじゆ》（将軍）のお耳にも届き、ご機嫌を斜めになさっておられる。出雲守の罷免《ひめん》も、もう間もなくじゃ。我らの満願成就の日も近い」

「その折りには、手前を御用商人にお引き立ていただくというお約束、なにとぞお忘れなく」

「忘れるものか」

「ありがたき幸せ」

ニヤニヤと笑っていた信濃守が、ふと、厳《いか》めしい顔つきに戻った。

「なれどそのほう、この一件、無事に収めることができるのであろうな？　出雲守が罷免された後にも騒ぎが続くようでは困るぞ」

「ご心配には及びませぬ。我らが引き起こした騒動でござれば、鎮めるのも思いのまま。本多出雲守が罷免された後、新たなご老中にご就任あそばされた信濃守様が事態の収拾に乗り出される。さすればすぐさま、我が命にて一揆《いつき》の衆を他国へと走らせまする。一揆を鎮めたは、信濃守様のお手柄となりましょう」

信濃守は「うむ！」と力強く頷《うなず》いた。

「出雲守が鎮め得なんだ一揆を鎮めれば、このわしが老中の首座となろうぞ！」

「ご出世、疑いなしにございまする」

雨が再び降ってきた。天満屋の額を容赦《ようしゃ》なく雨粒が打った。


「つまり、旦那様は行き方知れずということか」

倉賀野宿の本陣の一室で、美鈴と由利之丞が向かい合っている。小声で語り合っているのは、話の内容を荒海一家の者たちに聞かれたくないからだ。

「案じられてならぬ。旦那様はあのご気性だから……」

美鈴が心配そうに首を振った。

困ったことに、荒海一家の者たちは、卯之吉のことを、南北町奉行所一の辣腕《らつわん》同心で、江戸で五指に数えられる剣豪だと信じている。遭難したに違いないとは言えない。

「若旦那だけじゃないよ。弥五さんも帰って来ないんだ」

「そっちは放っておいても心配あるまい」

美鈴は卯之吉のことで頭が一杯だ。

「わたしは旦那様を探しに行く」

「一人でかい？　オイラはどうする」

「お前は贋《にせ》同心として、悪党どもを引きつけておけ」

「そんな殺生《せっしょう》な。今回は、あんたがいたから助かったけどさ、次はきっと殺されちまうよ」

「荒海一家がついている。まだマシなほうだ。旦那様には銀八しかついていないんだぞ」

「なるほど。それに比べれば大船に乗ったような心地がしてきた」

由利之丞は店先のほうに目を向けた。

「お吉っちゃんは、どうするのさ」

「お吉っちゃん？」

「あんたが連れてきた娘じゃないか。姉さんとやらを探してるんだろ？　こんな騒動の最中、一人で旅はさせられないだろ」

「あの娘、お吉という名だったのか」

「そんなことも知らずに、一緒に旅をしてきたのかよ」

若旦那も変だが、美鈴も相当に変だ。と由利之丞は思った。

「そんなに心配ならお前に任せる。わたしは旦那様を探しに行く」

美鈴は刀を引っ摑《つか》むと、風のように走り去った。

「なんだい。勝手なもんだな」

その時ふと、ひとつの妙案が浮かんだ。

(そうだ。お吉っちゃんを送って行くと言えば、この宿場から離れられるぞ)

倉賀野宿にいたら殺されてしまう。ともかく逃げ出したい。

(『哀れな町娘に手を貸した』ということにしておけば、八巻サマの評判が落ちることもないだろうさ)

勝手に決めつけると帳場に向かった。柱の陰からそっと顔を出してみる。三右衛門の姿はない。代貸の寅三もいない。一家の若い者たちが三人ばかり、暇そうにしていた。

(よぅし、好都合だぞ)

怖い親分と兄ィの姿はない。今のうちだ。由利之丞はこっそりと奥に戻った。

本陣の建物の裏手には台所があった。火のついた竈《かまど》の横に由利之丞の合羽《カッパ》が干してある。熱気で乾かしているのだ。

台所の横には下女部屋があった。チラッと覗《のぞ》くと、お吉が所在なさそうにして座っていた。

お吉も騒動に巻き込まれたので宿場役人の詮議《せんぎ》を受けなければならないらしい。美鈴が同道してきたとはいえ、身元ははっきりしない。しかし由利之丞にとってはどうでもいい話だ。

「お吉」

柱の陰から顔を半分だけ出して、手招きした。顔を上げたお吉が「あっ」と声を上げそうになったので、「シイッ」と制した。

「……あたしに御用でしょうか、八巻様」

足音を忍ばせてやってきたお吉が小声で問うてきた。由利之丞は大きく頷き返した。

「お前《め》ぇもこんな所で足止めをくらっちまったんじゃ困るだろう。早く姉さんを探しに行きてぇんじゃねぇのかい」

お吉はコクリと頷いた。

「ようし、それじゃあオイラが連れ出してやる。支度《したく》をしな。それと、あそこに干してあるオイラの合羽を取ってきてくれ」

二人は誰にも見られぬようにコソコソと旅支度を整えると、台所口から裏庭に出た。

「こっちだ」

曲者《くせもの》の襲撃に備えて、裏口の位置を調べてあった。雪隠《せっちん》の汚穢《おわい》を運び出すための潜《くぐ》り戸を抜けて、二人は外に出た。

二

「とんでもねぇ山奥だな。こんな所にお前ぇの姉さんがいるってのかい」

息を切らせて坂道を上りつつ、由利之丞は泣き言を漏らした。

坂道は急だし、ドロドロにぬかるんでいる。何度も草鞋《わらじ》の裏を滑らせて転びそうになった。

道の先をお吉が進んでいく。こちらは足取りも軽い。

（おい、待ってくれよ）

由利之丞は意気地《いくじ》のない男だけれども、さすがにお吉の前では無様な姿は見せられない。八巻に扮しているということもあるし、芝居者の矜持《きょうじ》もある。

「やれやれ。江戸者のオイラにゃあ、ちったぁ堪《こた》える山道だ」

などと余裕の芝居を続けるが、息は上がって、脚力はそろそろ限界に近くなってきた。

「おうっ、ちょっと待て。こっちは御用検《ごようあらため》もしなくちゃならねぇんだ」

それらしい物言いをしながら足を止める。息を切らせながら足元に目を向けた。

「なんでぇ……ハァハァ……この引きずったような跡は……ハァハァ」

そんなことはどうでもいい。興味もない。とにかく休憩がしたくて、屈《かが》み込んだ。

「こいつぁ、ハァハァ……詳しく調べなくっちゃハァハァ、ならねぇぞハァ」

確かに泥の地面には何か重たい物を引きずってできたような窪《くぼ》みがあった。坂の上から下へと続いている。

「それは山から伐《き》り出した木を運んだ跡です」

お吉がサラリと答えた。別に珍しくもないらしい。むしろ「どうしてそんなものを不思議がるのか」という顔つきで由利之丞を見ている。

由利之丞は咄嗟《とっさ》に、

「そんなこたぁわかってる。オイラが言いたいのは、こいつぁ尋常に木を伐り出した跡じゃぁねぇぜ……ってことだ。ハァハァ」

あくまでも辣腕同心の芝居を続けた。

お吉は、坂の上を指差した。

「ちょっと先に杣人《そまびと》の仕事場があります。杣人に問い質《ただ》せばよいと思います」

「なんだ、そうかえ」

あとちょっと歩けばいいのか、と、お吉には聞こえないように呟《つぶや》きながら、由利之丞は立ち上がった。お吉はまた、先に立って進み始めた。

ところがお吉の言う「ちょっと」とは、山で暮らす者の感覚での「ちょっと」であったらしく、杣人の仕事場にはなかなか到着しない。一刻以上も歩かされ、尾根を二つ三つ踏み越えて、ようやく、人家の炊煙の立つ場所に出た。

（ああ、もう駄目だ。身が持たねえ）

由利之丞はその場にヘタヘタと座りこんだ。お吉が不思議そうに振り返る。

「どうしたんです」

「なぁに、草鞋の紐《ひも》が緩んだだけだ」

引きつった作り笑顔を浮かべた。

「オイラは町奉行所の同心だ。この場所は別の役所の御支配地かもわからねぇ。迂闊《うかつ》に足は踏み込めねぇ」

町奉行所の役人は寺社の境内《けいだい》や武家屋敷には踏み込むことができない。縦割り行政の弊害《へいがい》だ。……とかなんとか理屈をつけながら由利之丞はその場にへたりこんだ。もう一歩たりとも、足を踏み出すことができなくなっていたのである。

「おいらぁここで待ってるからよ。お前ぇは用を済ませてきな」

木の切り株を見つけて座り直して、長々と息をついた。

「わかりました。お江戸の町奉行所のお役人様をお迎えして良いものかどうか、お頭に訊いてきます」

お吉は跳ねるような足取りで杣人の集落へと走っていく。

「……なんてぇ元気だい」

由利之丞は呆《あき》れた。腰から下げた竹の水筒を探る。だが水は一滴も入っていなかった。しかもお吉はすぐに、杣人を引き連れて戻ってきた。

「なんてぇこったい」

由利之丞は仕方なく、同心らしい威儀を整えて、背筋を伸ばして立ち上がった。

その杣人は三十ばかりの、顔の四角い大男であった。なにやら恐怖と緊張で引きつったような表情を浮かべていた。

「おう。お前ぇさんが杣人の頭かい」

由利之丞が気取った口調で質すと、大男は由利之丞の前で土下座して、泥まみれの地べたに額《ひたい》を押しつけた。

「噂に名高い八巻様が、ご詮議のためにお越しになったと聞きました」

「おうよ。オイラが南町の八巻だ。オイラは江戸では、粋で話のわかる同心サマで通ってる。そんなに畏《かしこ》まることたぁねぇやな。ツラぁ上げてくれ」

大男は顔を伏せたまま、身を震わせた。

「恐れ入りましてございまするッ。手前が我が身をもって、いかようにも咎《とが》めを受けまする。ですから、なにとぞ、杣人の衆には、お咎めのなきように願い奉りまするッ」

「……えっ？　なに？」

なんだか勝手に話が進んでいる、ような気がする。

「さすがは八巻様。いつかは縄目を受けることになると覚悟しておりました。どうぞ、ご存分にご成敗くださいませ」

「ええっ？　なんの話？」

いったいどういうことなのか、由利之丞にはさっぱりわからない。

と、そこへ。

「おやおや。噂に名高い八巻様。こんな所でお目にかかるとは、本当に不思議なご縁にございますねぇ」

呑気《のんき》な声が聞こえてきた。由利之丞は驚いて目を向けた。

「わっ、若旦那ッ？」

卯之吉がヘラヘラと薄笑いを浮かべている。本当に面白いものを見つけたような顔で無邪気に笑っていた。雨の中、卯之吉に傘を差しかけているのは銀八だ。こちらは物言いたげで微妙な顔つきであった。

卯之吉がスルスルと歩み寄ってくる。

「お江戸で評判の八巻様がお見えになったっていうんで、手前も野次馬で出て参りましたがね。これは本当に驚いた」

由利之丞は疲れも吹っ飛ばして卯之吉に駆け寄った。

「どうなってるのさ！」

小声で問い詰める。卯之吉はニヤニヤしながら答えた。

「あたしにも、さっぱり」

これは本当に何もわかっていない顔つきだ。卯之吉とはそういう男だ。仕方なく銀八に目を向ける。銀八ならば由利之丞でも理解のできるように説明してくれるかも知れない。

ところが銀八は、悲壮な顔つきで首を横に振った。

「同心様を名乗ってここに乗り込んで来られたのは間違いでげすよ。下手をすれば生きてここから出られないでげす」

「えっ？」

由利之丞は周囲に目を向けた。杣人たちが斧《おの》や鑓《やり》鉋《がんな》を手にして取り巻いている。なにゆえか全員、目つきが殺気立っていた。

「このお人たちも、ご自分たちのお命がかかってるでげす」

銀八は肩を落とした。卯之吉だけがエヘラエヘラと笑っている。

「お上の御蔵米《おくらまい》を盗んで食っちまった……だってぇ？」

由利之丞は目を丸くした。

「なんてぇ罰当たりをしやがったんだい。一人残らず磔《はりつけ》にされちまうぞ！」

「シィッ、声が大きいでげすよ」

銀八が由利之丞を窘《たしな》めた。

由利之丞と銀八、それに卯之吉の三人は、暗い小さな小屋に閉じ込められている。戸口の外は例の大男、杢助が見張っているようだ。他にも杣人たちが取り巻いている気配がした。揃いも揃って非力な三人では、突破は不可能だと思われた。

「ともかくでげすね。そういうワケありでげすから、こちらの杣人たちも命がけでげす。この秘密を守るために、同心の八巻様を手にかけることだって考えに入れとかなくちゃならねぇでげすよ」

由利之丞は卯之吉に目を向けた。

「どうするんだよ、若旦那。殺されたくはないだろう？」

卯之吉は「うふふ」と優美に微笑《ほほえ》んだ。

「何を言ってるんですかね。ここではあたしは江戸の炭屋の若旦那。南町の八巻様は由利之丞さんのほうじゃないですか」

「うっ……」

由利之丞は絶句した。頭の中が真っ白になる。血の気が引いていることが自分でもはっきりとわかった。

一方、卯之吉はヘラヘラと笑っている。

「まぁ、どうにかなりますよ。気に病むことはないでしょう」

「そう言う根拠はなんなの？」

「何もございませんけれども」

由利之丞は頭を抱えた。

「とにかく、どうにかしなくちゃ……」

この場で頼りになるのは自分だけだ。卯之吉と銀八では二人合わせても半人前にもならない。とはいえ由利之丞も、頭を使うのは大の苦手だ。

木戸が開いた。杢助が顔を出す。雨空とはいえ、明るい光が真っ暗な小屋の中に差してきた。

「八巻様、我らの頭が、お話をしたいと申しております。足をお運びくだされ」

「お……、おう」

由利之丞は、なけなしの度胸で胸を張った。

「行くんでげすか」

銀八が耳元で訊ねる。由利之丞は今にも泣きだしそうな顔を銀八に向けた。

「若旦那と銀八さんも一緒に来てくれ」

「なんででげすか」

「同心のお芝居なら、あんたらのほうが慣れてるだろ」

銀八は卯之吉にチラリと目を向けて、

「ぜんぜん」

と答えた。

三

「おう、お前ぇさんが杣人の頭かい。どんな髭面《ひげづら》の大男のお出ましかと思っていたが、まさか婆さんだとは思わなかったぜ」

由利之丞は肩をそびやかせながら老婆の小屋に踏み込んだ。堂々と板ノ間を横切って上座に向かうと、奥の壁を背にしてドッカリと座った。

「一同、面《おもて》を上げやがれ」

言い放つと、白髪頭の老婆が顔を上げた。卯之吉と由利之丞も下座で平伏している。

「由利之丞さん、たいした役者でげす」

銀八が半分は呆れたような、半分は感心したような顔で呟いた。卯之吉はニコニコと笑っている。

その板ノ間には杢助とお吉の姿もあった。老婆は由利之丞に向かって低頭した。

「孫娘をお連れくださいましたそうで……。長の道中、何事もなく済みましたのは八巻様のお陰にございましょう。御礼申し上げます」

「ほう。お吉はお前ぇさんの孫だったのかい。そいつぁ思いもつかなかった。この八巻がちっとばかし驚いているぜ。はっはっは！」

肩を揺らして笑っている。銀八は心配そうに卯之吉を見た。

「大丈夫ですかね。由利之丞さん、おっかないのを通り越して、変になってるでげす」

もっとも卯之吉はいつでも変なので、何も感じてはいないようだ。

由利之丞は余裕の笑みに見える何かを顔に浮かべながら続けた。

「それで、お吉。姉さんには会えたのかい」

問われたお吉は首を横に振った。

「なんだよ、ここにはいなかったのか。当てが外れちまったなぁ。それじゃあ、次の心当たりに向かうとしようぜ」

いそいそと立ち上がろうとする。とかなんとか言いながら、この場から逃げ出す口実を探していたのに違いない。

そのとき唐突に卯之吉が甲高《かんだか》い声を上げた。

「八巻様、こちらの皆様の御詮議はよろしいんですかえ？　こちらの皆様は横流しの御蔵米を食っちゃったんですよ」

「わっ、わっわっ若旦那！」

銀八が泡を食う。

「何を考えてるんでげすか！」

多分、何も考えていない。頭に疑問が思い浮かんだまま、声に出したのに違いない。由利之丞は腰を浮かしかけたままの姿で固まっている。

もっとも、由利之丞の策でこの集落から逃げ出すことができたとも思えない。

由利之丞は座り直して、「あー」と声を出した。必死に思案を巡らせているのに違いない。

「お、御蔵米の御支配は勘定奉行所だ。オイラたち町方同心は支配違いだぜ。ということでオイラは目をつぶる。勘定奉行所の役人に詮議してもらうがいいぜ。それじゃお吉、姉さんを探しに行くぞ」

「まぁ、そう仰《おっしゃ》らずに、話だけでも聞いてみてはいかがですかね」

「お前ぇはいってぇ何がしてぇんだよ！」

場違いな物言いを繰り返す卯之吉に、由利之丞が同心芝居のまま嚙みついた。

「だって、こういうことはきちんとしておかないといけませんよ」

「どの口でそんなことを言うんだ！　お前ぇの生き様はぜんぜんきちんとしていねぇじゃねぇか！」

「これは一本取られましたね」

卯之吉は軽やかに笑った。

そんな遣り取りを余所《よそ》に、険しい顔で黙り込んで、なにやら思い詰めた様子だった老婆が、平伏した。

「お噂に名高い八巻様に乗り込まれたからには、もはや逃れ得ぬところと観念しておりまする」

「お？　おう」

由利之丞は座り直した。

「感心な心掛けだ。それじゃあ存念を聞こうじゃねぇか」

「そういうことでしたら八巻様」

卯之吉がいそいそと腰を上げようとした。

「あたしたちは麓《ふもと》の人里に帰らせていただきますよ」

「ああ！　それは妙案でげす！」

銀八も跳ねるようにして立ち上がった。由利之丞は不思議そうな顔をした。

「お前ら、急にどうした」

卯之吉は意味ありげな薄笑いを浮かべている。

「こちらのご詮議は八巻様にお任せしてですね。あたしたちは用なしでございますから、帰らせていただきます」

「へい。あっしたちは、ただの町人でげすから」

由利之丞は慌ててすっ飛んできて、安普請《やすぶしん》で凸凹《でこぼこ》した床に躓《つまず》いて転び、前のめりに飛び掛かるような格好で、卯之吉の脛《すね》にしがみついた。

「ちょっと困るよ！　オイラだけでどう詮議しろっていうのさ！」

小声で卯之吉を難詰する。卯之吉はまるっきり他人事《ひとごと》のように笑っている。

「あたしだって御詮議なんかできませんよ」

うん。自分のことを良くわかっている——と由利之丞は思ったのだけれども、それでは困る。

「そこをなんとかしてくれなくちゃ！」

「由利之丞さんこそ、お芝居でどうにかしてください」

「オイラが大根役者だって、知ってるだろ！」

「何をコソコソとやっていなさるんですか」

老婆が不思議そうな顔をしている。

「いや、なんでもねぇ。……今は御蔵米の詮議より、お吉の姉のことだ。オイラはそのつもりでここに来たんだ。御蔵米なんざどうだっていい！」

由利之丞は無茶苦茶な物言いをした。

すると、部屋の隅にいたお吉が、祖母のほうに向いて座り直した。

「姉さまのことなんだけれど……」

「後にしな」

老婆に窘められるが、お吉はキッと目を据えて答えた。

「いいえ。八巻様にもお聞きいただきたいんです。姉は、麓の村々の、何もかもを、押し流そうとしているんです」

由利之丞は（急に何を言い出したのかわからない）という顔をした。一方、卯之吉は微笑みながら頷いた。

「麓の村々ってのは、公領に広がるお百姓の村や、宿場のことかえ？」

お吉は唇をきつく結んで頷いた。

「それはそれは。大変なことになりましたねぇ、八巻様」

卯之吉は嬉しそうに笑った。

「なんでそんなに面白そうなんだよ！」

由利之丞は同心芝居を続けたまま、呆れた。

「それじゃあ、そのお話をお聞かせ願いましょうかね」

卯之吉がお吉に笑顔を向けて言う。

「どういうつもりなんだい、若旦那」

由利之丞は、老婆とお吉には聞かれぬように卯之吉の耳元で囁《ささや》いた。

「オイラたちは一刻も早くここから逃げ出さなくちゃならねぇ！　婆さんはああ言ってるけど、杣人の中にはオイラたちを殺して口封じをしたほうがいい、って考えている野郎もいるはずだ。そう言ったのはあんたらだろ」

「ええ。きっとそうに違いありますまいねぇ」

どんな集団にも荒くれ者や不心得者はいる。ましてここは山の中だ。結束して口をつぐんでさえいれば、役人殺しも隠し通すことができる。

「だけど、気になるじゃないですか。お吉さんという娘さんが何を知っているのかが」

「こんな時だけ役人らしくするのかい」

「いいえ、ただの野次馬ですよ」

卯之吉はお吉にカラッと明るい笑顔を向けた。

「八巻の旦那も関心をお示しのようですよ。さぁ、話してください」

由利之丞は頭を抱えたけれども、どうしようもない。

「仕方がねぇ、喋《しゃべ》りねぇ。……だけどオイラは途中で小便に立つかもわからねぇぞ」

「そう言って逃げ出そうったって、そうはいきませんよ」

「なんで若旦那にそんなことを言われなくっちゃならないのさ！」

お吉が困ったような顔をした。

「あのう……、喋っても、よろしいのでしょうか？」

「ええ。どうぞどうぞ。長い話になるのかねぇ？　喉を湿らせたほうがいいかな。銀八、お吉さんにお茶を淹《い》れて差し上げて」

「ここにはそんな物はねぇでげす」

そもそも他人の家ではないか。銀八も呆れ顔だ。

皆の目がお吉に集まった。お吉はコホンと咳をしてから、語りだした。

「八巻様に申し上げます。あたしの姉は、名を、峰と申します……」

「ほうほう、お峰さんね」

微笑んで頷いた卯之吉に、由利之丞と銀八が詰め寄った。

「若旦那ッ」

「ほうほう、じゃやねぇでげす！」

卯之吉が何もわからぬ顔つきで首を傾《かし》げている。本気でお峰という名に心当たりがない様子であった。

四

「クソッ、また雨足が強くなってきやがったたな」

大粒の雨がボタボタと菅笠《すげがさ》を叩いている。倉賀野宿を仕切る俠客《きようかく》、倉賀野ノ辰兵衛は、頭に被《かぶ》った笠をちょっと上げて空を見上げた。

不気味な祝詞《のりと》は潮騒のように響いている。目の前の低湿地で神憑き様の信者たちが大勢集まって小屋を掛けているのだ。

人数はますます増えたように感じられる。神憑き様の評判を聞いた者たちが田畑を捨てて集まってくるらしい。二千人を遥かに超える人数が集まる光景を目の前にしては、辰兵衛のような侠客でさえ、背筋に寒気を覚えずにはいられなかった。

「したけど親分、あいつら、どういうつもりなんでしょうね」

子分の一人が話しかけてきた。

「大水が出たら、河原なんぞひと舐《な》めだ。一人残らず流されちまいやすぜ」

辰兵衛たちが立つ堤の上だって、どうなるかわからない。洪水はそれほどまでに凄まじい。

「捕まらないための、あいつらなりの用心なのかもわからねぇな」

神憑き様の信者たちは新町宿を襲撃した。捕縛をしなければならないのだが、迂闊に駆けつけることもできない。

「役人の旦那がたも、河原なんぞに下りて行きたくはねぇだろうぜ」

いつ洪水に巻き込まれるかわからない。命知らずであるはずの侠客たちですら怖くて低地には下りられないのだ。役人たちならば尚更だ。

大名家から兵が出されたとしても、河原には下りて行かないだろう。河原にいる限り、神憑き様たちは安全なのだ。

「奴らが水に流されちまえば、世話がなくていいんだけどな」

捕り方を出すまでもなく、勝手に全滅してくれる。

子分は顔をしかめた。

「だからって、堤が切れたら後々面倒ですぜ」

川の土砂が田畑に流れ込んだら収穫量が激減する。数年は飢饉《ききん》が続くだろう。

侠客や渡世人たちは、顔に凄《すご》みを利かせていても所詮は社会の最底辺層だ。百姓たちの余り米を食って生きている。百姓社会が飢えたら、侠客たちはもっともっと飢えるのだ。


「ひとふたみよ……ふるべゆらゆらとふるべ」

神憑き様とも、お神代《かじろ》様とも呼ばれる女が祝詞を唱えている。ここは船頭が使う小屋であろうか。粗末な板敷きに雨漏りのする屋根、持ち主の船頭はとっくに高台に逃れている。それをいいことに、お神代様が勝手に拝借している。

祭壇らしき物が奥の壁に作られていた。いったい何を祀《まつ》って拝んでいるのか、その御神体はなんなのか、お峰にはわからないし、わかろうともしなかった。

凄まじい音を立てて風がうなっている。雨ばかりか風までもが強くなってきたようだ。

風雨の音にまじって、地鳴りのような不気味な響きも伝わってくる。堤いっぱいに流れる水の圧力を支えかねて、堤の盛り土が振動しているのだ。もはや決壊の寸前だということがお峰にもわかった。

お神代様の祝詞が終わった。お峰はその背中に向かって声を掛けた。

「間もなく、役人や大名の手勢が、この地を取り囲みましょう。そうなったら堤を切り崩します。信者たちは喜んで働いてくれることでしょう」

お神代様はお峰を向いて座り直して頷いた。

「綺麗になります。綺麗に流されます」

その目は、何を見ているのかわからない。水晶玉のように無機質で無感情だ。

「この地は綺麗になります。綺麗に洗い流していただけるのです」

言わんとしていることは、お峰にも理解できた。心のどこかが共感した。

(田圃《たんぼ》も、百姓も、役人も侍も、みんな流されちまえばいいのさ)

いい気味だ。天罰だ。

(男どもを、侍を、うんと痛い目に遭わせるのさ)

しかし心のどこかでは、そんな自分も押し流されてしまえばいい――とも感じている。

(何もかも流されてしまえばいい。いっそ、せいせいする)

お峰はほんのりと笑った。

お神代様は、元々は旅の遍路《へんろ》であったようで、素性はお峰も知らない。遍路の娘が神がかった事を口走るようになり、数人の信者がつき従うようになった。そんな流浪の小集団を、ここまで大きく育て上げたのはお峰の知謀と、大橋式部の薬効だ。貧しい百姓や町人たちは、数年来の飢饉と貧困で絶望しきっている。阿《あ》片《へん》で頭が惚《ぼ》けたところへ来世の利益《りやく》を説けば、いくらでも信者に加えることができた。

(最初から死にたがってるような馬鹿どもさ。「堤を切れ」と言いつけられれば、死ぬとわかってても堤を崩すだろうさ)

そしてみんなで神の世界に生まれ変わると信じている。馬鹿馬鹿しい――お峰は心の底で笑っていた。

ところがここにきて数日来、お峰の心を死の誘惑が侵し始めている。この世の一切合切《いっさいがっさい》と一緒に流されて死んでしまいたい。それはきっと、素晴らしい愉悦であるはずだ、などという思案が頭を過《よぎ》ったりするのだ。

(どうせ生きてたって、なんにも良いことなんかありゃしない)

生まれてから今まで、良い事なんか何もなかった。辛抱して努めても、何も好転はしなかった。

（そんならいっそ、ぜんぶ終わらせちまうのがいいのさ）

地響きが続いている。お峰は無言で端座しながら、耳を澄ませた。

丘の上で見張る辰兵衛のところへ、蓑《みの》にかかった雨粒を散らしながら、子分の一人が駆け寄ってきた。

「親分、ご注進だ。三国屋の大旦那が、人を集めて作事を始めやがりましたぜ」

「なんだと？」

「銭をばらまいて、人を集めていやがるんでさぁ」

辰兵衛は苦々しげな顔をした。

「神憑き様の人数だけでも手に余るってのに、三国屋まで人集めを始めやがったのか。いってぇこの上州をどうしようってぇつもりだよ！」

「オイラにゃあ、さっぱりですぜ」

低頭した子分はチラリと目だけを上げた。

「これで、三国屋をさらおうっていう、楡木ノ隠仁太郎の策は難しくなりやしたぜ。周りに大勢の人足がいたんじゃあ仕事はやりづれぇ」

「フン、徳右衛門なりの用心ってわけか。それにしたって面倒事ばっかり起こしやがるな」

縄張りを土足で踏み荒らされた心地がする。辰兵衛はますます不愉快だ。

「ああ、そっちに小屋を建てておくれ。炊き出しの竈を据えるんだからね。土壁は厚く塗っておいておくれよ」

三国屋の喜七が指図《さしず》をしている。農村の百姓たちはなんでも自分たちでこなす。大工の技術をもった者たちもいる。徳右衛門はまず、百姓たちが寝泊まりするための建物を作ろうとしていたのだ。

「ずいぶん人が集まったなぁ」

庄田朔太郎は半ば呆れ顔で百姓たちを見た。

作事場に集まった人数は五百人を超えていよう。しかも日に日に増えてくる。

一日に二十文の駄賃をもらえるという話が近隣に轟《とどろ》き渡っているらしい。

「数年来の飢饉と、お上の怠慢のツケだなぁ」

農村は疲弊しきっている。それとわかっていながら幕府は有効な救済策を打たなかった。百姓たちは日銭にすら事欠く有り様だったのに違いない。

「このぶんじゃあ、日を経ずして神憑き様の講を超えちまうぞ」

などと朔太郎らしい皮肉を口にしたのだが、（いや、待てよ）と考え直した。

（神憑き様の許《もと》に集まっているのも、飢えた百姓たちだぜ。そいつらが三国屋の銭を目当てにこっちに来るなら、願ってもねぇ話だ）

神憑き様の信者は減っていくはずだ。役人たちが神憑き様に手をつけかねているのは、その人数が過大だからだ。信者の数さえ減ってしまえば、わけもなく取り締まることができる。

「結局、三国屋の銭が頼りかよ」

金銭を握った商人の力なくしては、御政道も成り立たない。

（いったいいつから、オイラたち武士は、こんな情けねぇことになっちまったんだ）

朔太郎は眉根を寄せて首を振った。

泥まみれで働く百姓たちの中に、一際《ひときわ》目立つ大男が二人いた。さらにもう一人、悪人顔の男が鍬《くわ》を振るっている。

「顔を隠せ。人相を見とがめられたらお終《しま》いだぞ」

大男二人にそう言ったのは、悪人顔の男、楡木ノ隠仁太郎。首を竦《すく》めて背を丸めたのは、多々良山と水谷弥五郎である。

「なにゆえこのわしが、日傭取《ひようと》りの真似事などをせねばならぬのだ」

愚痴《ぐち》を漏らして顔をしかめたのは弥五郎だ。冷たい雨に打たれつつ、腰まで泥に浸《つ》かりながら、出水の際の排水路となるはずの溝を掘っている。

「文句を言いなさんな。徳右衛門をひっ攫《さら》うまでの辛抱ですぜ」

結局三人はこの仕事に加わったのだ。隠仁太郎の目当てはもちろん、徳右衛門をかどわかすことにある。

「野郎は宰領面《ヅラ》で指図して回ってるぞ。思ったとおりだ」

多々良山がほくそ笑んだ。徳右衛門の姿が遠くに見える。

「だが」と弥五郎は首を傾《かし》げた。

「こう百姓たちが多くては、かどわかしも難しいぞ。それに役人の姿もある」

「なぁに、百姓どもは先生のヤットウと多々良山の相撲技でどうにでもできまさぁ。役人のほうは、夜になって寝静まるのを待てばいいんで」

夜中に働く武士はいない。徳川幕府の法度《はっと》で『特別の役儀がない限り、武士は夜には屋敷に戻っていなければならない』と決められていたからだ。そのせいで武士たちは皆、早寝早起きなのである。

「役儀で公領に出張ってきていても、夜中には、決められた旅籠《はたご》に戻らなくちゃならねぇってのが、武士ですぜ」

それがために夜間の街道筋は（江戸の市中もだが）博徒の天下なのである。武士は出歩かないとわかっているから、ヤクザ者が大手を振ってまかり通るのであった。

「夜になったら、隙を見て、事を起こしやすぜ」

働く百姓たちが寝泊まりするための小屋に潜《もぐ》り込んで、徳右衛門に近づく――というのが、隠仁太郎と多々良山の目論見《もくろみ》だった。

水谷弥五郎とすれば、この二人を役人に捕まえさせればいいわけだから、好都合な話ではある。こちらも隙を見て、役人に注進すればいい。

（南町の八巻氏《うじ》の手下《てか》だと名乗れば、まず、遺漏《いろう》はあるまい）

その役人というのが旧知の仲の朔太郎だとは思いもせずに、そう考えていた。

多々良山は鍬を振るいながら、情け無い顔をした。

「腹が減ったぜ。炊き出しはまだかよ？」

「さっき朝飯を食ったばかりだろ」

隠仁太郎が呆れている。

五

雨がやんだようだ。お峰は船頭小屋から外に出た。

野原には掛け小屋がいくつも建てられていた。雨がやんだ合間を盗んで炊事の煙が上がりだす。七輪を持ち込んで煮炊きをする者の姿もあった。

（みんな、逞《たくま》しいねぇ……）

お峰にしては極めて珍しいことだが、他人の振舞いを見て、素直に感心した。

（神仏の国なんぞに行かなくたって、みんなこの世で幸せにやっていけそうじゃないか）

幸せになれないのは、意気地や、根気や、辛抱の足りない者たちばかりだ。

（あたしにゃあ、その三つともなかったからね）

だから悪党になった。悪党にしかなれなかった。

お峰は信徒の群れを改めて見回した。雨に濡れた薪《まき》や炭にはなかなか火がつかない。煮炊きの根気がない者は、空きっ腹を抱えているしかないわけだ。

炊事の知識や工夫があって、かつ、湿った薪や炭に火がつくまで焚《た》き付けで炙《あぶ》り続ける根気がある者だけが、温かい飯にありつくことができる。

（馬鹿で短気な連中に、飯を食わせてやらなくちゃならないね）

宿場を襲って食べ物を奪う。

（馬鹿で短気なあたしにゃあ、それぐらいの工夫しか思いつかないのさ）

お峰は目を転じた。野原の彼方《かなた》から、二人の男が歩いてくるのが見えた。

（馬鹿な短気者たちがやってきたよ）

石川左文字と早耳ノ才次郎だ。濡れた泥道に難儀しながら歩み寄ってきた。

「やはりな」

お峰に挨拶《あいさつ》もなく、左文字がそう言った。お峰はいつもの冷笑を取り戻して、訊き返した。

「なにが『やはり』なんですかえ？」

左文字は視線を左右の掛け小屋に向けてから、答えた。

「お前は気づかぬのか。信徒の数が減っておる」

言われてみれば、確かに炊煙の数が少ないような気がしないでもない。

左文字は重ねて質してくる。

「新たに講に加わってきた百姓町人はおったか」

お峰はつまらなそうに「フン」と鼻を鳴らした。

「今日は誰も、挨拶しに来ないようだけどねぇ?」

講に加わった新たな信徒は、お神代様に目通りをすることになっている。ついでにお峰が目を光らせて、役人の密偵ではないことを確かめるのだ。

「やはり、人は増えておらぬか」

左文字だけが訳知りで頷いている。

「お峰、信徒が増えぬのは、三国屋徳右衛門の企てが当たったからだぞ」

「徳右衛門が、何をしたってんですかね?」

「銭を撒《ま》いて人を集めておるのだ」

「銭を?」

「大水から田畑を救う堤を造るのだ——などとほざいておる。日当と炊き出しを目当てに、貧しい百姓たちが徳右衛門の許《もと》に集まっている」

お峰は目に鋭い殺気を放ちつつ黙り込んだ。石川左文字は駄目を押すように続けた。

「貧乏人どもの中には、徳右衛門を『お救い神様だ』などと呼ぶ痴《し》れ者《もの》まで出ておる。これ以上、徳右衛門の許に駆けつけないように気をつけろ」

それだけを告げに来たらしい。石川左文字は背を向けて歩き去った。

才次郎が去り際に振り返って、憎々しい笑顔をお峰に向けた。

「手前《てめ》ェの策、徳右衛門に読まれて、裏をかかれているんじゃねぇのか」

悪党というものは、自分以外の人間は、たとえ味方でも、憎くてならないのだ。お峰の窮地が嬉しくてたまらない、みたいな顔でせせら笑うと、軽薄な足取りで去って行った。

「くそっ」

お峰は毒づいた。八巻一味はどこまでもお峰の邪魔立てをする。

（こうなったら、徳右衛門を先に始末してくれる……！）

お峰はそう決意した。


洪水を恐れて百姓たちが立ち退《の》いた村に、神憑き様を信じる者たちが移動していく。空き家になった建物に勝手に上がり込むと、台所で火を熾《おこ》し始めた。

そうやって占拠した百姓家の一つに、一人の病人が寝かされていた。頬がこけ、眼窩《がんか》が落ちくぼんでいる。もう微《かす》かに息をつないでいるばかりで、いつ死んでもおかしくはない。

枕許には香炉が一つ置かれている。紫色の不気味な煙を立ち上らせていた。病人が苦しそうに呻《うめ》くと、家族が香炉を病人の鼻先に近づける。煙を吸いこんだ病人は静かな眠りに落ちた。

その家の台所には、若い痩身の武士が座っていた。草鞋を履いたまま、一段高い床に腰掛けている。

台所口からお峰が入ってきた。

「名主の具合はどうだい」

「いかぬ」

若い武士――大橋式部は冷たい顔つきのまま、お峰には目も合わせずに答えた。

「間もなく阿片も効かなくなるだろう。最期は近い」

なんの感慨もない様子で答えた。

「仮にも医者として診てきたんじゃないのかい。冷たいもんだね」

「病人にいちいち入れ込んでいたら、医者は勤まらぬ」

式部はきっぱりと答えて、それからふいに目を上げた。

「間もなく死んでしまう病人よりも、その家族のほうが案じられる」

「何故《なぜ》だえ？」

「看病する家族も、阿片の毒を吸い込んでおるからだ」

阿片を吸うと意識は朦朧《もうろう》とし、正気を失い、判断能力を喪失する、ということはお峰も知っていた。煙は決して吸わないようにと式部に言われていたからだ。

「それならますます好都合さ」

お峰はそう言いきった。式部は訝《いぶか》しげに目を細めた。

「こっちの都合の良いように、名主の一家を操れるじゃないか」

「何をするつもりだ」

「名主をあの世に送ってやるのさ。ついでに三国屋徳右衛門もね」

お峰は不穏な薄笑いを浮かべた。


まだ六ツ（日没の時刻）にはなっていないはずだが、厚い雨雲に覆われているせいでか、景色が闇に包まれ始めた。

半鐘の鳴らされる音が聞こえてくる。

「ああ、仕事仕舞いか」

百姓たちは鋤《すき》や鍬を振るう手を止めて腰を伸ばした。

「良く働いたなぁ」

「だども、掘っても掘っても、溝が泥で埋まっちまうべ。積み上げた土も雨で流れるばっかりだ」

徳右衛門の思案では、排水路を掘った際の土を盛り上げて堤を造る——ということだったのだが、地面が柔らかすぎて上手くゆかない。

もっとも、上手くゆかなくても、百姓たちにはどうでも良いことだ。

「手間賃をもらって帰るとするべぇ」

家が遠すぎて帰るのが面倒な者は、飯場の小屋に泊まる。鋤や鍬を担《かつ》いで徳右衛門の許に向かった。

「我らも行くぞ」

水谷弥五郎が百姓の後ろにつこうとする。隠仁太郎が止めた。

「やめときなせぇ。顔を見咎められたらどうなさるんだ」

多々良山が横から口を挟む。

「オイラは飯場に行くぞ。腹が減って倒れそうだ。たとえ役人に捕まろうとも、飯だけは食う」

「なんてぇ食い意地の張った野郎なんだい」

隠仁太郎は呆れた。

弥五郎としては、徳右衛門を狙う曲者がここにいるという事実を、徳右衛門本人や役人に伝えなくてはならない。

「まぁ、案ずるな。ますます暗くなってきた。明かりの傍《そば》に寄らないように気をつけれぱ大丈夫であろう」

そう言ってノシノシと歩を進めた。

「やあやあ皆様、よくお働きでございましたな」

徳右衛門の声が聞こえてくる。

「本日の日当をお支払いいたしますよ。あい、日本橋の両替商、三国屋徳右衛門の自腹でございます。皆さんも満徳寺様のお寺役人様に訊ねられた時には、『三国屋徳右衛門の銭で水路を掘り、堤を造った』とお答えくださるように、お願いしますよ」

どこまでも自己宣伝に熱心だ。

「ただでは絶対に銭を手放さぬ、ということか」

弥五郎は感心するやら、呆れるやら、複雑な思いを味わった。

第五章　濁　流

一

（隠仁太郎め、まとわりついて離れぬな……）

水谷弥五郎は作事場の飯場の小屋の中にいた。雨をどうにか凌《しの》げるだけの安普請の屋根の下に、日当を目当てに集まった百姓や流れ者たちが集まっている。炊き出しの釜《かま》を囲んで、不作法に飯を食い散らかしつつ、雑談にくれていた。

弥五郎はこの小屋から抜け出して、徳右衛門や役人に繋《つな》ぎをつけようと考えている。そのつもりで隙《すき》を窺《うかが》っていた。

多々良山は飯を食うことに夢中になっているので問題はない。しかし隠仁太郎は、鋭い目光を弥五郎から離そうとはしなかったのだ。

弥五郎のことを（役人の密偵なのでは）と疑っているのではない。単に怯《おび》えているのだ。隠仁太郎にとってこの作事場は役人の支配する〝敵地〟の真ん中にある。いざという時には弥五郎の剣を頼りにして逃げるしかない。だから弥五郎からは決して離れようとしないのだ。

（ええい、面倒な奴だ）

弥五郎は思案した。隠仁太郎だけでも先に倒してしまうべきか。隠仁太郎も匕首《あいくち》を器用に使うようだが、弥五郎の武術には敵《かな》うまい。不意をついて当て身を食らわせれば、気を失わせることも難しくはない。

（しかしだ。多々良山に気づかれたりしたら、厄介《やっかい》なことになる……）

多々良山の腕っぷしと相撲の技は油断がならない。

（今のわしは丸腰だ）

浪人者だとはわからぬように、刀は別の場所に隠してきた。味方の中に忍び込むために武器を置いてこなければならないとは、なんとも歯がゆい話だったが、仕方がない。

隠仁太郎たちを欺《あざむ》くためだ。

（素手での戦いでは、多々良山には勝てぬ）

それに、多々良山は百姓を人質に取るかもわからない。

公儀の役人は捕り物に際して、百姓町人が巻き込まれて犠牲になることを嫌う。武士は百姓町人を守るために武装している――というのが、建前だからだ。

（札差《ふださし》稼業の三国屋徳右衛門も、百姓が殺されるのは嫌がるはず）

札差は百姓の年貢米を換金する商売だ。百姓を敵に回すと、なにかとまずい。

（わしも徳右衛門に嫌われたくはない）

三国屋に雇ってもらって、手間賃を稼いでいる身の上だ。

（ううむ……。八方塞がりだ。身動きが取れぬぞ）

水谷弥五郎は頭を抱えた。

病み衰えた名主を乗せて、荷車が堤の上を進んでいく。車に従うのは名主の家族と、名主の世話になっていた小作農たち、そしてお峰と大橋式部であった。

堤防の内側では、増水した烏川が荒れ狂っている。川面《かわも》に立つ白波が龍の鱗《うろこ》を思わせた。まさに龍がうねっているかのような激流であった。

堤の上から足を滑らせたら助からない。間違いなく死ぬ。水が堤を乗り越えてこちらに押し寄せてきたとしても、やはり死んでしまうだろう。

そんな危うい堤の上を、瀕死《ひんし》の病人を乗せた荷車は静々と進んだ。

「関八州の大河の氾濫《はんらん》から農地を守る堤は――」

唐突に大橋式部が、聞き取りにくい小声で語り始めた。

「初代将軍、家康の御世《みよ》から営々と築かれ、保たれてきたのだ。徳川家の民政の徴《しるし》だな」

「だから、なんだってんだい」

お峰は小馬鹿にしたような顔をした。

「年貢をたくさん取りたいから、田圃《たんぼ》を守ったってだけの話だろうさ」

すべては徳川家の私利私欲だ。そのために民百姓が堤防造りに駆り出されて、きつい労働を強制されたのだ。

「そうに決まってるさ」

大橋式部はなんの返事もせずに、話を変えた。

「この辺りで堤を切れば、濁流は満徳寺の寺領へ向かって溢れ出す」

「フン、さすがは蘭学者のセンセイだね。頭が良いよ」

お峰は足を止めて、堤の下に広がる平野に目を向けた。もっとも夜中であるから、夜霧の他には何も見えない。

「満徳寺の田圃と一緒に、三国屋徳右衛門も押し流すってわけさ」

八巻卯之吉の後ろ楯《だて》となって支えてきた豪商。積年の恨みだ。

否、豪商だというだけで、許してはおけない。

「弱い者を泣かせて、小銭をせしめてきたに違いないのさ」

徳右衛門が聞いたら噴飯物《ふんぱんもの》であろう。三国屋は大名相手の高利貸しだ。強い者を泣かせて大金をせしめてきたのである。「貧乏人から小銭をせしめるような、手間がかかって利益の少ない仕事など、やってる暇《ひま》はありませんよ！」と激怒するに違いない。

とにもかくにも堤が切れれば、徳右衛門は十中八九死ぬ。お峰は荷車を停めさせた。

そして、女狐《めぎつね》と呼ばれた悪党面《づら》は押し隠して、厳《おごそ》かに宣言した。

「名主様を天地に還《かえ》す時がやって参りました。名主様の魂はお神代《かじろ》様のお導きにより、神仏の国へと向かわれるのです」

名主の家族たちは、阿片《あへん》の毒が頭に回って、もはや何も考えられなくなっているらしい。言われるがままに病人を堤の上の地べたに横たえた。

「神の御許《みもと》へ送り出しましょう」

お峰が言った。荷車には鍬《くわ》や鋤《すき》など、土を掘る道具も載せてあった。庄屋の家族と狂信的な信徒たちが手に取って、なんと、堤の上を掘り返し始めた。掘られた穴に水が流れ込んでくる。やがてひとつの流れとなって、堤の外へと溢れ始めた。

激しい流れが土を削り、流れの幅を押し広げていく。

このままゆけばどういう結果を迎えるのか明白であろうに、家族も、信徒も、無心に堤を掘り返し続けた。

「オラも神の国へさ、行くだ」

「ふるべゆらゆらとふるべ……」

水の逆巻《さかま》く音が大きくなってきた。大橋式部は無言で踵《きびす》を返して歩き去る。お峰も背を向けて歩き出した。二人は二度と振り返りはしなかった。

「さぁ、丁方ないか！　丁に張った！」

水谷弥五郎の胴間声《どうまごえ》が飯場の小屋に響いている。湯呑茶碗を片手に賽子《さいころ》二つを握り、丁半博打を始めたのだ。

賭け事は、小銭だけでも参加することができるうえに、カッカと熱くもなれる。たまらぬ娯楽だ。

悪党に身を堕《お》とすような、短気でふしだらな人間は、博打好きだと相場が決まっている。案の定、隠仁太郎も多々良山も目の色を変えて食いついてきた。

(よし、博打に夢中にさせて、その隙に抜け出すぞ)

弥五郎はほくそ笑んだのだが、困ったことが一つ出てきた。弥五郎はどうにも博打が下手くそなのだ。

そもそも博打というものは、必ず胴元が勝つようにできている。それなのに勝てない。

(こうも負けが込んでは、わしの懐が軽くなっていくばかりだ)

ついつい本来の目的も忘れて頭に血が上り、夢中で賽子を転がしていたところで、ハッと我に返った。

(いかんいかん。こんな事をしている場合ではない)

弥五郎は茶碗と賽子を隠仁太郎に押しつけた。

「わしは雪隠《せっちん》に行ってくる。壺振《つぼふ》りを頼むぞ」

「あいよ」

隠仁太郎は疑いもせずに茶碗を受け取ると、

「さぁ、どっちもどっちも！」

そう叫んで賽子を投げ入れ、茶碗をパッと伏せた。

弥五郎はそっと小屋から抜け出した。

（徳右衛門は、どこにおるかな）

作事場には小屋がいくつも建てられている。しかし、もしかしたら宿場の本陣に戻って寝ているのかも知れぬ――と考えて、

（いいや）

と、首を横に振った。

（あの徳右衛門が、銭の入った瓶《かめ》をここに置いて、別の場所で寝るはずがない）

瓶を守って寝ているはずだ。銭を失うぐらいならば、自分の命を失ったほうがマシ。そう考えるのが徳右衛門という男なのであった。

一際大きな小屋が、作事場の向こうに建てられている。出入り口の前には篝《かがり》火《び》も焚《た》かれていた。

（うむ。あそこだな）

徳右衛門や役人たちが寝ている小屋に違いない。弥五郎はズンズンと足早に近づいて、

「頼もう」

と、声を掛けた。すぐに若い侍が顔を出した。庄田朔太郎の家来の松倉荘介なのだが、もちろん弥五郎は名前も顔も知らない。

「何奴《なにやつ》だ」

若侍が居丈高《いたけだか》に誰何《すいか》してくる。怪しまれてもつまらないし、疚《やま》しいことは何もないので弥五郎は傲然《ごうぜん》と胸を張って答えた。

「拙者は、南町奉行所の同心、八巻氏の手先を務める者だ。水谷弥五郎と申す。三国屋徳右衛門をつけ狙う悪党を見つけたによって、注進すべく推参した」

「なんだと」

若侍の顔色が変わった。

「おい、声が大きいぞ。すぐ近くに悪党が潜《ひそ》んでおるのだ。わしのことは徳右衛門が良く存じておる。水谷と言えばわかるはずだ」

若侍は小者を呼んだ。小者は入り口近くの台所で話を聞いていた。

「三国屋に質《ただ》して参れ」

若侍は弥五郎を睨《にら》みつけたまま、小者に命じた。自分はここで踏ん張って弥五郎を見張るつもりらしい。弥五郎に勝てるとは思えないけれども、心掛けとしては正しい判断だ。

小者は「へい」と答えて奥に入って、すぐに戻ってきた。さらには徳右衛門が柱の陰からヒョイと顔を出した。

「ああ、水谷様」

「おう、徳右衛門」

若侍がホッと息を吐いたのがわかった。水谷は小声で若侍に告げた。

「安堵《あんど》の息をつくのは早いぞ。倉賀野宿の本陣を襲い、徳右衛門をかどわかそうとした悪党が二人、ここの飯場に潜《もぐ》り込んでおる！　一人は楡木ノ隠仁太郎と申す博徒、もう一人は多々良山という力士崩れだ」

「なんと！」

若侍の顔に再び緊張が走った。弥五郎は若侍と徳右衛門を交互に見ながら続けた。

「隙を見て悪党二人に襲いかかり、縄に掛けるべし！　わしも手を貸す。鈍刀《なまくら》でも長脇差《ながどす》でもかまわぬ。刀を貸してくれ」

若侍は徳右衛門に目を向けた。

「この浪人者は、信用がおける人物なのか」

「それはもう、南町の八巻様のご家来でございますから」

徳右衛門は莞爾《かんじ》と笑った。

（あんな男の家来になった覚えはない！）と思ったけれども、卯之吉を熱愛する徳右衛門の機嫌を損じてもつまらない。

「ともかく急ごう。わしが注進に及んでおることを、奴らに気取られては面倒なことになる」

「そのとおりだ。皆を起こせ」

若侍が小者に命じた。徳右衛門も、

「裏の小屋には荒海一家の寅三さんたちがいるはずです。そちらにも報《しら》せてください」

と言った。

「寅三が来ておるのか。それは心強い」

水谷は大きく頷《うなず》いた。

「力士崩れの多々良山は手強《てごわ》いぞ。人数は出せるだけ出したほうがよかろう」

「心得た」

若侍も袖に襷《たすき》を掛け始める。徳右衛門が、

「これは、手前の手代の、喜七の道中差《どうちゅうざし》ですがね」

そう言って、細身で軽い長脇差を差し出した。

「……無腰よりはマシだろう」

弥五郎はヒョロリと細くて頼りない刀を鞘《さや》ごと腰帯に差した。

「わしは飯場の様子を見てくる」

そう言って外に出て、ギョッとなった。

「手前《てめ》ェ、なにをコソコソやっていやがる」

闇の中に隠仁太郎が立っている。怒りで両目を光らせていた。

二

「手前ェ、お上の犬だったんだな」

「バレてしまったのなら仕方がない」

弥五郎は長脇差を閂《かんぬき》に差し直した。いつでも抜刀できる態勢である。

「お前たちのことは、すでに役人に報せた。もはや逃《のが》れられぬぞ。大人しく縄目を受けるがよい」

「しゃらくせぇや！」

隠仁太郎が吠えた。

「多々良山、来いッ」

闇の中からノッソリと、多々良山が巨体を現わす。

「コイツ、裏切り者だったのかい」

肥《ふと》った腹をポリポリと掻《か》いて、

「ちょっと飯を食いすぎた。腹ごなしに一丁、暴れてやろうかい」

茫洋《ぼうよう》とした声と、顔つきで言った。

闇の中を足音も騒々しく、荒海一家の子分たちが駆けつけてくる。先頭を切って来たのは代貸《だいがし》の寅三だ。

「水谷先生！」

「おう。あの二人が曲者《くせもの》だ。相撲取りのほうは手強いぞ。気をつけろ」

弥五郎は顎で示した。寅三が「へい」と答えて、懐に隠し持っていた匕首を抜いた。

粂五郎たち一家の子分が六人ばかり、広場に散って隠仁太郎と多々良山を取り囲む。松倉荘介も駆けつけてきた。庄田家の小者も手に棒を構えて包囲に加わった。

「多々良山ッ、やっちめぇ！」

隠仁太郎が長脇差を抜いた。多々良山はどこから引っこ抜いてきたのか、太い丸太を両手で摑《つか》むと、頭上で大きく振り回し始めた。

（これは厄介だな）

弥五郎であっても迂闊《うかつ》には踏み出せない。丸太の一撃を食らったら道中差など簡単に折れ曲がる。そのままの勢いで頭蓋骨《ずがいこつ》を粉砕《ふんさい》されてしまう。否、どんな名刀でも、丸太の攻撃は受けきれないのだ。

「やれっ！　ブッ殺せ！」

隠仁太郎がけしかける。多々良山が前に踏み出すと、荒海一家の子分たちがたまらず後退した。包囲の輪が伸びきったところで、隙を突いて隠仁太郎が逃げ出そうとした。

「待てッ」

弥五郎は隠仁太郎の前に立ちはだかった。

「畜生め！　くらいやがれ！」

隠仁太郎が長脇差で斬りつけてくる。弥五郎はその斬撃を軽く打ち払った――つもりだったのだが、手応えの異常さに驚いた。

握った刀がガタガタなのだ。刀身も安物だが拵《こしら》えも悪い。一回打ち合っただけで目釘《めくぎ》がポッキリと折れた。切羽《せっぱ》も緩んで抜けてしまいそうだ。

(これでは戦えぬ)

次に打ち合ったら刀身が抜ける。隠仁太郎の身体《からだ》を斬りつけたとしても、十分な深手を負わせる前に刀が柄《つか》から取れてしまう。

しかし、と弥五郎は考え直した。刀がこんな事になっているとは隠仁太郎は気づくまい。

弥五郎は故意に大きな構えを取って、闘志で隠仁太郎を威圧しにかかった。気合で圧して戦意を喪失させようという魂胆《こんたん》だ。

弥五郎の大きな体軀《たいく》に圧《お》されて、隠仁太郎が後ずさりしていく。弥五郎はジリジリと草鞋《わらじ》の裏を滑らせながら押し込んでいく。

一方、多々良山を囲んだ一家の者たちは散々に追いまくられている。

「畜生ッ、手に負えねぇッ」

飛び退《の》いた粂五郎の目の前にドーンと太い丸太が打ち下ろされた。

「こんなもん食らっちまったら一発でお陀仏《だぶつ》だぞ!」

人の形を留めぬ肉塊《にくかい》にされてしまう。

「危ねぇッ！」

粂五郎は松倉荘介を思い切り突き倒した。ブウンッと丸太が空振りする。お陰で丸太で殴られずにはすんだが、松倉は地べたに倒れて泥だらけとなった。

「鉄砲でもなければ仕留められぬぞ！」

松倉が言う。寅三が駆け寄ってきて松倉を引き起こした。それから子分たちに命じた。

「泥つぶてを投げつけろ！　目を狙うんだ！」

荒海一家の子分たちが地べたに屈《かが》み込んで足元の泥土を握った。そして多々良山の顔を目掛けて投げつけ始めた。武士の武芸ではけっして見られぬ卑怯《ひきよう》な振舞いだ。ヤクザ者ならではの喧嘩技であった。

ベチャッ、ベチャッと、多々良山の顔で泥が弾ける。

「うッ、くそっ！」

この攻撃には多々良山も閉口し、片手で顔を庇《かば》いながら後退した。

「今だ！」

寅三が命じ、子分たちが殺到しようとする。するとすかさず多々良山が丸太を振りまわす。一進一退の膠着《こうちやく》状態だ。丸太などという重い物を振り回しているのだから、そろそろ息切れしてきても良いはずなのに、多々良山はまったく疲れた様子を見せない。

「化け物め！」

寅三は歯噛みした。

「トウッ！」

水谷弥五郎は道中差を振るった。隠仁太郎の長脇差を打ち払おうとする。その瞬間、ついに刀身が柄からすっぽ抜けた。

しかしそれも折り込み済みであった。隠仁太郎が抜けた刀に驚いて、気を取られた隙を突いて懐に飛び込むと、鳩尾《みぞおち》に拳を叩き込んだ。

「……ウグッ！」

隠仁太郎は前のめりになって倒れた。息ができずに悶絶《もんぜつ》する。すかさず弥五郎が足蹴《あしげ》を食らわせる。隠仁太郎はまもなく気を失った。

これで悪党の一匹は仕留めた。しかしもう一匹が難敵だ。

弥五郎は隠仁太郎の長脇差を拾い上げた。

「これまた駄刀もいいところだな」

農具を作るのが本職の鍛冶屋が、見様見真似《みようみまね》で作ったような刀であった。おまけに柄も緩《ゆる》んでグラグラしている。柄巻を締め直さなければならないが、そんな時間はもとよりない。

弥五郎は暴れ回る多々良山へと走った。

（さて、どうやって仕留めるか）

腕の一本ぐらい切り落としても、この化け物は暴れるのをやめないであろう。それなら腹部は、と見れば、厚い贅肉《ぜいにく》で覆われている。脂肉は粘っているので、切り裂くのが難しい。

（ましてやこの駄刀だ。一刀の下に斬り捨てる、というわけにはゆくまい）

正直なところ弥五郎も始末に困った。だが、このままでは役人と荒海一家が全滅させられてしまう。

「多々良山！　このわしが相手だ！」

ともかく牽制《けんせい》をしなければならない。弥五郎は大声で吠えて、多々良山の正面に躍り出た。

多々良山が泥まみれの顔面を引きつらせて笑った。

「面白《おもし》れぇや！」

ブウンッと丸太が振り下ろされる。

（うおッ、なんたる怪力！）

重い丸太を軽々と、さながら木刀のように扱っている。さしもの弥五郎も身をかわすだけで精一杯だ。

「チョコマカと逃げ回るんじゃねぇ！」

丸太の攻撃が続く。後ろに下がった弥五郎の草鞋が泥に取られて滑った。思わず後ろに転がった。

多々良山はニヤリと笑った。

「死にやがれ！」

高々と丸太を振り上げる。寅三や松倉たちが「あっ」と息をのんだ。

その時であった。地面が大きく波うった。

「……なんだ？」

多々良山が思わず動きを止めた。凄《すさ》まじい地響きが伝わってきて、その場にいた全員を激しく揺さぶったのだ。

「寅三兄ィッ、大水だッ！　大水がこっちィ押し寄せて来やがるッ」

荒海一家の子分の一人が絶叫した。

「堤が切れやがったのか！」

寅三の顔が引きつった。

弥五郎も急いで立ち上がった。

「逃げろッ」

もはや捕物どころではない。轟音《ごうおん》はどんどん大きくなって近づいてくる。野に生えた大木が根こそぎ圧《へ》し折られる音が、雷のように轟《とどろ》いていた。

「来たッ、水だッ！」

誰かが叫んだ。振り返った弥五郎の顔に泥水が勢い良くかかった。

高い所へ、少しでも高い所へと、弥五郎は走った。荒海一家の子分たちも、松倉たちも必死だ。

「待ってくれ！　助けてッ」

徳右衛門がヨタヨタと走りながら悲鳴を上げている。江戸一番の札差の傲岸《ごうがん》ぶりはどこにもない。

「助けてくれたら、いくらでも出す！」

「その話、乗った！」

水谷弥五郎は駆け戻って、徳右衛門を小脇に抱えた。再び高地を目指して走り出す。

「高くつくぞ、徳右衛門」

「もちろんでございますとも。二百文でも三百文でも、喜んでお出しいたしましょう」

「えっ……？」

一両を四千文で換算したとして、あまりに安すぎる。この窮地にあってなんという吝嗇《りんしょく》か。

ともかく、小わきに抱えてしまったからには投げ出すわけにもいかない。弥五郎は走った。

「しめたッ！　水はあっちへ流れていくぞ！」

より低い田畑《たはた》のほうへと、洪水が向きを変えたのだ。荒波の逆巻く濁流が遠くへ流れ去っていく。

「助けてくれッ、俺は泳げないんだ！」

多々良山が濁流に呑まれて溺《おぼ》れている。やがて水の中に消えた。

「あれじゃあ助からねえ」

寅三が「ナンマンダブ」と唱えた。

隠仁太郎もおそらくは濁流の底だ。気を失わせたまま放置したのだから、助かったとは思えない。

今は悪党の末路を哀れんでいる場合ではない。あらたな地響きが轟いてきた。

弥五郎は目を剝《む》いた。

「まだ来るぞ！　次の大水だ！」

より水嵩《みずかさ》の上がった流れが迫ってくる。弥五郎たちはより高い丘陵を目指して、なんども転びながら、走り続けた。

三

「なんですかね、あの音は？　まるでお祭の太鼓のような」

呑気《のんき》な声を上げたのは卯之吉である。

「どうすれば、お祭の太鼓の音に聞こえるでげすか」

「若旦那、凄まじい音だよ。天と地がひっくり返ったみたいな」

銀八と由利之丞が、呆《あき》れたり戦慄《せんりつ》したりしている。三人は杣人《そまびと》の集落を出て、人里へと下りてきたのだ。まずは事の次第を岩鼻の代官所に告げようということになり、岩鼻を目指して夜の街道を進んでいる最中であった。

轟音は止むことなく続いている。地面にまで振動が伝わってきた。

「なるほど、なにやら途轍《とてつ》もない事が起こっているみたいですねぇ」

そう言いながら卯之吉は笑った。

「なんで笑っているでげすか」

「笑っちゃいないさ」

これが素の顔だと言いたいらしい。

三人の後ろには、杣人の長《おさ》の老婆と、その孫娘のお吉と、四角い顔の大男、杢助が従っていた。

老婆が身を震わせた。

「こ、この音は、まさか……！」

卯之吉は笑顔を向けた。

「心当たりがおありですかねぇ？　こういうことはお年寄りに訊《き》くのが一番だ」

老婆は引きつった顔で頷いた。

「わしも長いこと生きてきたが、こんな凄まじい音を聞いたのは、これまでに二度しかない。十四の時と、三十六の時だ。どうしてはっきりと覚えているかというとじゃな、わしが十四の時に、わしの爺様が――」

話の前置きが長い。このままだと前半生を延々と聞かされそうなので、卯之吉は笑顔で遮《さえぎ》った。

「それで、なんの音なんでしょうかねぇ?」

「むむ……。これは、堤が切れた音じゃ!」

「ええッ?」

「忘れもせぬ。十四の時にわしの爺様が、わしの婚姻話を進めてきて、顔も知らぬ男《おのこ》を勝手に許嫁《いいなずけ》と決められて——」

卯之吉は笑顔で老婆から顔を背《そむ》けると、眉根を寄せた。

「どうやら、お峰さんの仕業のようですねぇ」

お吉が伝えたとおりだ。

「間に合わなかったでげす!」

「若旦那! 倉賀野宿には三国屋の大旦那がいるんだ! 流されちまったりしたら大変だよ。急がないと!」

「そう言われましてもねぇ……」

卯之吉はのんびりと首を傾《かし》げた。

「急いで駆けつけたりしたら、あたしらまで大水に呑まれちまいますからね。もう二度と、流されるのは御免ですよ。あはは」

どうして笑っていられるのか、銀八と由利之丞には、さっぱり理解ができなかった。

「しっかりしろッ」

弥五郎が腕を伸ばして、流されゆく百姓の襟を摑んだ。思い切り力を込めて陸地に引き上げる。

「まだ息がある。介抱してやれ」

荒海一家の若い者たちが活を入れ、背中を叩いて泥水を吐かせた。

弥五郎は立ち上がった。

長い夜が明けて、空が白み始めていた。

「ここは、車塚《くるまづか》か……。我ら、どうやら命だけは繫いだようだな」

車塚とは前方後円墳《ぜんぽうこうえんふん》のことである。大昔にこの地に盤踞《ばんきよ》した豪族が造らせた古墳の上に、辛《から》くも逃れることができたのだ。周りでは、徳右衛門が集めた百姓たちも身を寄せ合っていた。

「それにしても酷《ひど》い」

塚の上から四方に目を向ければ、辺り一面が泥の海だ。濁った水が大波となって押し寄せて来たり、引いて行ったりを繰り返していた。

「ああ、なんということ。なんたることでございましょう！」

徳右衛門も戦慄している。

「これでは公領の田圃が駄目になってしまいます。年貢も取れず、手前どもの商売にも差し障《さわ》りが……」

徳右衛門も、気丈なように見えても齢《よわい》七十を超えている。この衝撃は心身に堪《こた》えた様子であった。

（これをしおに隠居したらどうだ）と、言おうとしたのだが、どうせ聞く耳を持たないと思ったので、やめた。

古墳は四、五基が一箇所に纏《まと》めて造られる。向こうに見える古墳にも、荒海一家の子分や百姓たちの姿が見えた。

「おーい、そっちは大丈夫かー」

などと、皆で声をかけ合った。

寅三が顔についた泥を払いながらやって来た。

「一時の難は逃れやしたが、この場所からはどこへも行けやせんぜ」

「うむ。水が引くのを待つしかあるまいな」

「ですがね」

寅三は顔を天に向けた。大粒の雨がボタボタと降り注いでくる。

「雨が止んでくれねぇことにゃあ、水は引きそうにありやせんぜ」

つまりはどこにも行けないということだ。

「だが、こんな所で濡れ鼠《ねずみ》になっていたら、凍え死ぬぞ」

体温が下がって死ぬ。冬以外の季節でも人は寒さで死ぬことがある。浪人や渡世人はその事を良く知っていた。

徳右衛門が激しく身を震わせている。老体に濡れた着物を着させておくのは良くない。


時ならぬ轟音に驚いて満徳寺から飛び出した庄田朔太郎は、物見《ものみ》を終えて、寺役所に戻ってきた。

汚れた装束《しょうぞく》を急いで改めて、梅白尼の許に向かう。梅白尼も不安そうな顔をして書院に出てきた。

「火急の事態につき、挨拶《あいさつ》は略させていただきまする。烏川の堤が切れましてござる」

「なんと……！　この物音は、やはり出水か」

「寺領は水に浸《つ》かり、百姓どもは高台や水屋に逃れたようにございまする」

「うむ。寺の庫裏《くり》より米を出し、炊き出しをいたせ」

情けは人の為ばかりではない。寺領の農民が全滅したら、年貢を納めてくれる者が誰もいなくなる。

「三国屋徳右衛門はいかがした。この時のための作事であろうに」

「三国屋の堤作りは、いまだ端緒《たんしょ》にございましたれば、出水に対して為す術《すべ》もなかったものと思われまする。徳右衛門の所在も摑めてはおりませぬ。おそらくは水に呑まれたものかと……」

「おお……、三国屋徳右衛門、忠義者であったがのう」

「ご住職様のそのお言葉を賜《たまわ》り、泉下《せんか》の徳右衛門も本望にございましょう」

既にして死んだことにされている徳右衛門だ。

「いずれにいたしましても、急ぎ、江戸表《おもて》へ急使を発しなければなりませぬ」

「いかにもじゃ。この出水、我らや代官所の手には余る。公儀の助力を賜らねばなるまい。その件については庄田、そちに任せる」

「心得ましてございまする」

朔太郎は寺役所に戻った。戸を開けて入ろうとしたその時、

「ああ、酷い目に遭《あ》いましたねぇ」

とても酷い目に遭ったとは思いがたい、呑気極まる声が聞こえてきた。

朔太郎は驚いて顔を向けた。山門をくぐって、卯之吉が入ってきた。

「朔太郎さん、とんでもない事になってるんですよ」

久闊《きゅうかつ》の挨拶もなく、話の続き——みたいな顔をして、卯之吉が語りかけてきた。


江戸城本丸、表向《おもてむき》（政庁）御殿の畳廊下を、勘定奉行の山路左近将監が、せわしない足取りでやって来た。

血相を変えて老中御用部屋の前で膝を揃える。

「申し上げまする！」

本多出雲守は嫌気の差したような顔つきで山路をチラリと見た。

山路はいつでもせわしなく奔走《ほんそう》している。とはいえ火急の事態に手を打つ様子はない。善処すべく走り回っているのではなく、ただ慌てふためいているだけな

のだ。

「今度は何が起こったのじゃ」

問うと、山路は額に冷汗を滲ませながら顔を上げた。

「鳥川の堤が切れましてございまする！　満徳寺様の寺領が、泥濘《でいねい》に襲われましてございまする！」

「なんじゃと！」

さしもの本多出雲守も背筋がヒヤリとするものを覚えた。山路は再び平伏した。

「しかも、堤が切れたは天然の理にあらず、神憑《かみつ》きの信徒どもによる仕業――との由《よし》にございまする！」

「そは、まことか！」

「なにゆえお知りになられたのかは計りかねまするが、酒井信濃守様がかように申し立てられ、上様のお耳にもお届けなされた由にございまする！」

「信濃守めが上様に注進しただと？　それは容易ならぬ」

天災であれば、失政の責から逃れることも不可能ではない。そもそも堤を最初に造ったのは初代将軍の家康だ。大水に堪《た》えかねて切れた堤を造った責めを問うとなると、そもそもの責任は家康にある、ということになってしまう。

本多出雲守は責任を家康に転嫁することで、自分は責任から逃れようと企《たくら》んでいたのだ。

しかし、これが暴徒の手によるものだとなれば話は変わってくる。治安維持の手抜かりを問われることとなるからだ。

「なにゆえ不逞《ふてい》の輩《やから》を取り締まらなかったのか——と、四方八方から突き上げを食らおうぞ！」

山路は顔も上げられない。すでに観念しきっている様子だ。勘定奉行の職は罷《ひ》免《めん》され、下手をすると切腹、山路家には断絶の処分が下されるかも知れなかった。

その時であった。若い武士が畳廊下を渡ってきて、老中御用部屋に踏み込んできた。人形のように整った顔つきで、肌の色が白い。伏し目がちの無表情でやってきて、折り目正しく正座した。

老中御用部屋に入ることが許されるのは、老中と若年寄と、この男、上様御用お取次役《とりつぎやく》に限られる。

「出雲守様」

御用取次役の冷えきった声が響いた。出雲守に向けられた目は、なにやら薄笑いを浮かべているようにも見えた。

「上様がお呼びにございまする」

出雲守は「むむ……」と唸《うな》った。

通常は将軍に対しては、老中のほうからご挨拶に伺《うかが》って諮問《しもん》を受ける。将軍に呼び出しを食らう、などという事態は、ほとんど絶無《ぜつむ》だ。

（おのれ、酒井信濃守め）

こちらに一報を入れる前に、上様のお耳に入れたのだ。もちろん本多出雲守を窮地に陥れるためである。

出雲守はおのれを締め上げる軛《くびき》がきつく締まったのを感じた。上様の呼び出しを断ることはできない。上様に拝謁《はいえつ》すべく、立ち上がった。

四

「喜べ天満屋。本多出雲守には、間もなくお役御免と隠居の御沙汰が下されようぞ」

酒井信濃守の中屋敷で、信濃守が喜びの声を上げた。

庭には天満屋が拝跪《はいき》している。信濃守は縁側にまで出てきて、上機嫌に語りかけた。

「そのほうの奇策、見事に効き目を顕《あらわ》したぞ！　でかした！」

「お褒《ほ》めの言葉を賜り、恐悦至極《きょうえつしごく》……」

天満屋は聞き取りにくい声で答える。

「将軍家御位牌《いはい》所の寺領が水に浸かったとなれば、上様のお怒りも恐ろしゅうございまするな」

「貴様がそれを言うか。堤を切らせたは貴様の仕業ではないか。ハハハ」

信濃守は笑っているが、天満屋は厳しい面相を伏せている。何事か腹中に憂悶《ゆうもん》を抱えている、という様子であったが、信濃守はまったく気づこうとはしない。

「上様は気の長い御気性におわすが、さすがに今回の事態には御気色《みけしき》よろしからず、有体《ありてい》に申せば激怒をなさっておいでじゃ。本多出雲守は上様お気に入りの臣ではあったが、此度《こたび》の一事で、大きく信用を損なった」

罷免か、隠居は、免《まぬが》れ得ぬところだ。

「ついに、ついに、本多出雲守めを、倒してやったぞ！」

信濃守は高笑いした。

今までいかなる政敵が策を巡らせようとも、倒すことのできなかった政治の妖怪だ。それをついに、自分が倒してやったのだ。そう思えば、信濃守の心は高揚するばかりであった。

「聞け、天満屋！　わしが老中に補任される日は近いぞ」

「おめでとうございまする」

「老中となったならば、すかさず公領の鎮定《ちんてい》に乗り出す所存だ。期を同じくしてそのほうが一揆《いっき》の者どもを他国に散らす。この手筈《てはず》はできておろうな？」

「お任せあれ。本多出雲守でも為す術がなかった一揆を、信濃守様がお鎮《しず》めなさり、これをもって信濃守様の御用始めといたしまする。満天下の人士は、信濃守様の辣腕《らつわん》ぶりに驚き、新たなる執政のご登場に、拍手喝采《かっさい》いたしましょう」

「新たなる執政か。ウム、悪くない」

信濃守は端整な顔だちをしていたが、強欲そのものの悪相を剝き出しにして、笑った。

「天満屋よ。我らとの繫ぎを密にせよ。あと一押しじゃ！」

「仰《おお》せのままに」

天満屋は深々と平伏した。

「いったい、いつになったら引くんだ、この大水は」

水谷弥五郎が古墳の上で腕組みをしている。

そろそろ朝四ツ（午前十時頃）であろうが、空は薄暗い。雨は降ったりやんだりを繰り返している。周囲は一面、泥の海に沈んでいる。野原の只中《ただなか》にあったはずの古墳は、まるで海の孤島のようになっていた。

「雨がやまぬことには、水も引かぬ」

水が引かなければどこにも行けない。弥五郎は振り返った。古墳の上では百姓たちが身を寄せ合って震えている。雨を避ける場所もなく一晩を過ごしたのだ。

そして食べ物も飲み水もない。

百姓は貧しさに堪えながら農耕という重労働に従事しているが、それでもこの状況は辛い。いつまでも堪えられるものではないはずだ。

（百姓たちもだが、徳右衛門の身が案じられるな……）

徳右衛門は七十過ぎの老体だ。一番先に参ってしまうに違いない――などと思っていたら、徳右衛門が顔を紅潮させてやってきた。

「ああ、なんてもったいない！　大儲《おおもう》けの元手が流されていってしまう！」

なにやら激しく憤《いきどお》っている。いつでも満面に笑顔を張り付けているので、感情を読み取ることが難しい。

いずれにしても徳右衛門は顔を紅潮させている。頭からは湯気を立てていそうだ。

「ご覧なさいよ、水谷様！　この、もったいないこと！」

眼下の濁流を指差している。塵《ちり》や芥《あくた》や、破壊された家屋敷の古材や、根こそぎ引っこ抜かれた低木などが流れていく。

「あれらを集めて、江戸に運んで、焚き付けや薪《まき》として売れば、それだけで一身代できあがりますよ！　ああ、なんてもったいない！　目の前に大儲けの種が転がっているというのに、手をつけかねて眺めているだけなんて！」

そう言いながら古墳の斜面を下っていこうとする。腕を伸ばして流れ行く巨木の枝を摑もうとした。

「危ない！　一緒に流されてしまうぞ」

水谷弥五郎は駆け寄って徳右衛門をはがい締めにした。

「ああもう、手前は一生悔やみまする！　小判が流されていくのと同じだ！　悪夢だ！　毎日夢に見ることでしょう！」

その一生がいつまで続くのかが問題で、下手をすれば明日にも死んでしまいかねないわけだが、

（まぁ、この元気があるうちは、大丈夫であろう）

弥五郎はそう考えることにした。

やがて景色が白い幕に包まれた。彼方に生える欅《けやき》の古木が霞《かす》んでいる。

（くそっ、驟雨《しゅうう》か）

降りしきる雨で視界が利かなくなったのだ。さらには雨音まで近づいてくる。

雨具は一切ない。梅雨時とはいえ雨に打たれ続ければ、体温を奪われてしまう。古墳の上の避難民にとっては、死神がやってきたのも同然であった。

冷たい大粒の雨が、ザーッと降りつけてきた。百姓たちはさらにきつく身を寄せ合って体を震わせた。

「この濁流だって、どうにかならぬものですかねぇ。大きな水車を造って、米でも搗《つ》かせれば、大儲けできますよ」

「まだそんなことを言っているのか」

弥五郎としては、徳右衛門を生還させなければ褒美《ほうび》の金にありつけない。しかし徳右衛門は元より、自分の命さえ、どうなるかわかったものではない。

遠くから雷のような重低音がひっきりなしに伝わってくる。

（もう一箇所、堤が切れて、濁流が押し寄せてきたら、お終《しま》いだぞ）

弥五郎は眉根を寄せた。

と、その時であった。

「おーい」

なにやら物見遊山《ゆさん》の遊び人のような、呑気な声が聞こえてきた。

「なんだ？」

弥五郎は声のしたほうに目を向けた。だが、一面の雨で、景色は真っ白に煙っている。何も見えない。

「今、人を呼ぶ声がしたな？」

徳右衛門に確かめたが、徳右衛門は首を傾げた。

「手前の耳には、何も聞こえませぬが」

老体だから耳が遠いのか、それとも弥五郎の空耳だったのか。判断がつきかねたが、弥五郎は、

「うおーい！」

と、大声を張り上げてみた。

「こっちだ！　我らはこっちに逃れておるぞ！」

するとしばらくの間を置いて、

「おーい！」

と返事が返って来た。

「助けが来たのだ！」

弥五郎は徳右衛門を揺さぶった。

「さすがは江戸一番の札差じゃな！　すぐさま助けが寄越《よこ》されたのだ！」

満徳寺の寺役人か、それとも岩鼻の代官かはわからぬが、三国屋徳右衛門を見殺しにはできなかったのだろう。

百姓たちも小躍りして喜んで、「こっちだぁ」「助けてくれ！」などと叫び始めた。

ところが徳右衛門本人は渋い表情だ。

「助けを呼んだ覚えはありませんよ。どなたが来たのか知りませんがね、人の足元を見て大金を吹っ掛けようって魂胆かも知れない。もしもそんな話だったら、手前はここから一歩も動きませんからね」

「そんな吝《しわ》いことを言ってる場合か」

そうこうするうち、雨の向こうから舟らしき物が近づいてきた。

「あれは、筏《いかだ》だべ！」

百姓の一人が叫んだ。巨木を繋いで筏に組んだ物を、大勢の男たちが棹《さお》で操っている。いまだに濁流は渦を巻いて流れていたが、巧みに操って近づいてきた。

筏の舳先《へさき》には一人の男が立っている。頭に被《かぶ》った雨除《あめよ》けの笠を細い指でちょっと持ち上げて、蕩《とろ》けるような笑顔を向けてきた。

「本日は良いお日和《ひより》で。皆様、ご無事でございますかねぇ」

「あれは、八巻氏《うじ》！」

「おお！　南町の八巻様！」

驚く弥五郎と徳右衛門の前で、卯之吉はヘラヘラと笑った。徳右衛門はいきなり感極まって、滂沱《ぼうだ》の涙を流し始めた。それどころかその場にペッタリと座り込んで、「オイオイ」と泣き声を上げ始めた。

「ああ、なんと有り難い！　手前のようなつまらぬ者のために、江戸一番の同心様が御自《おんみずか》ら駆けつけて来てくださったとは！　なんともったいないこと！　八巻様は生き仏様にございますする。有り難すぎて、かえって地獄に落ちてしまいそうにございますする……ヨヨヨ……」

徳右衛門が地獄に落ちるとしたら、その理由は日頃の強欲にあるだろうけれども、とにもかくにも大仰《おおぎょう》に感涙を流している。孫の卯之吉が関わると、別の人格になってしまうのだ。いつものことなので、弥五郎は今さら驚きもしなかった。

寅三も走ってきた。

「八巻ノ旦那！　百姓たちも逃げて来ておりやす！」

「あいあい。皆さん、お助けいたしましょうねぇ」

卯之吉を乗せた筏が古墳にドンッと着いた。その衝撃で卯之吉は尻餅をついた。

百姓たちが一斉に飛び乗ろうとする。

「慌てるな。皆、助かる」

弥五郎は徳右衛門に手を貸すように命じて、全員で筏に乗り移った。

「八巻氏、よくぞ来てくれた！　礼を申す！」

なんだかこの時だけは弥五郎も、目の前でヘラヘラしている男が、江戸一番の辣腕同心であるかのような気がしてきた。

「いえいえ。お礼ならあちらの皆さんに仰《おつしや》ってください」

卯之吉は棹で筏を操る屈強な男たちに顔を向けた。

「何者なのだ」

「杣人の皆様でございますよ。なんでも、山で伐《き》った木を下ろす際には、筏に組んで川に流すのだそうで。この程度の流れなら難なく押し渡ることができる――って仰るんですから、まったくたいしたものですねぇ。それでは杣人の皆さん、筏を陸地に返してくださいましな」

どうして卯之吉が杣人たちを指図《さしず》しているのかはわからないが、ともかくこれで助かった。

「他の塚にも、百姓や役人たちが逃れておる。そっちも助けてやってくれ」

「あい。とりあえずは近くの街道まで戻りましょう。高く土を盛って造った道がありまして、そこを進んで行けば満徳寺様に帰り着けます」

「おう」

「皆様をお下ろしした後で、順に、他の塚にいる皆様を助けに行きますので、ご心配なく」

「うむ！　さすがは南町の八巻氏だ！」

卯之吉は腑抜けたような薄笑いを浮かべて弥五郎を見上げた。

「あなた様まで、何を言い出しましたかね」

そう言って、エヘラエヘラと笑った。

五

卯之吉と杣人たちの活躍によって、古墳の上に逃れていた人々は救い出された。満徳寺に戻った徳右衛門は、百姓たちを寺役宿に預けると、自分は境内の寺役所に入った。

「ああ、もったいない、もったいない。なんということでしょうね、まったく」

着替え終えた徳右衛門が寺役所の座敷に入ってくる。憤懣《ふんまん》やるかたないという顔をしている。事情を知らない朔太郎は、作事のための小屋や、造りかけの堤と排水路が無駄になったことを悔やんでいるのだと思ったのだが、そうではない、ということを水谷弥五郎に知らされて、唖然《あぜん》となった。

「……ま、そんだけの商売っ気があるんなら大丈夫だろう。心配して損したぜ」

などと良い方向に考えることにした。

座敷の中には朔太郎と徳右衛門がいる。そこへ卯之吉が、杣人の頭《かしら》の老婆と、お吉を連れて入ってきた。

「やあやあ皆さん、ご無事でなによりでございましたねぇ。一時はどうなることかと思いましたよ」

自分のほうこそ、行き方知れずになって皆を心配させていた——などとは、まったく考えていないらしい。

「まぁ、とにかくですね。こちらのお二人が、皆様方にお知らせしなくちゃならないお話があるっていうのでね。まぁ、長い話になりましょうが、聞いてやってくださいませんかねぇ」

卯之吉は、要領を得ない話しぶりで二人を紹介した。自分が遭難した話やら、杣人の暮らしぶりやら、延々と喋《しゃべ》り続けるので、卯之吉の前置きのほうが〝長い話〟になってしまった。

本題である老婆の告白が始まると、徳右衛門と朔太郎の顔つきが変わった。

「なんだって！　あの米を食べたのは、あんたたちだったのかい！」

徳右衛門が激昂《げっこう》する。

「あれは、あたしの米だよ！」

正しくは三国屋で商う年貢米であって、本当の持ち主は公儀なのだが、徳右衛門にとっては〝自分の米〟であるらしい。

卯之吉はニヤニヤしながら、割って入った。

「まあまあ、食べちまったもんは仕方ないじゃございませんか」

この物言いには、卯之吉大好きの徳右衛門も黙ってはいられない。

「仕方ないでは済みませんよ！」

「ですがねぇ、元はといえば、杣人の皆様に約束の材木代を支払わなかったお上が悪いわけでしてねぇ」

朔太郎が苦々しげな顔をする。

「それを言われると一言もねぇな」

卯之吉も人が悪そうに笑った。

「ご老中の松平相模守様《まつだいらさがみのかみ》の企みを暴いちまったあたしにだって、責めはありますよ」

「馬鹿を言え。相模守様と金剛坊《こんごうぼう》の企みが首尾よく運んでいたら、今頃お江戸は焼け野原になってる」

「そうしたら家屋敷の建て直しのために材木が売れて、杣人の皆様にも賃金が支払われたってわけです。ね、朔太郎さん、この一件が表沙汰になるのは、まずくありませんかね」

朔太郎は「ううむ」と唸って腕組みをした。

「杣人たちを代官所に突き出して、事の次第を詮議《せんぎ》されたら、悪党と組んで江戸を焼こうとした相模守様の一件も、世間の耳目《じもく》に晒《さら》されちまうってことか」

「仰るとおりですよ。ここは我々だけで、内密に事を収めたほうがいいんじゃありませんかねぇ？」

卯之吉は徳右衛門にも笑みを向けた。

「杣人の皆様には命も助けてもらったことですし、お役人に突き出して獄門台送りにしたりしたら、寝覚めも悪いことでしょう」

徳右衛門は顔を赤く染めて唸っている。何事か、必死で思案を巡らせている、という顔つきだ。

「おや？　何か、事を収める良策でも思いつかれましたかね？」

徳右衛門の代わりに朔太郎が答えた。

「横流しの詮議は後に回すとしようぜ。今は出水に手を打たなきゃならねぇ。下手すりゃあ公領が水の底に沈んじまう」

「ああ、そちらの件でございますがね」

卯之吉は、遥か下座の、敷居の向こうに座るお吉に目を向けた。

「あちらの娘さんがですね、ちょっと大変なことを知っているようなのですよ」

朔太郎もお吉に目を向ける。お吉はドキッとした様子で背筋を伸ばし直した。


「やれやれ、酷い目にあった」

泥と芥《あくた》が山と積もった中から、真っ黒になった美鈴が這《は》い出してきた。

「危うく死ぬところであったぞ」

美鈴もまた、烏川の決壊に巻き込まれていたのである。着物は泥だらけ、髪はザンバラに乱れて、これまた激しく汚れている。武芸で鍛え上げた体力がなければ、濁流から泳いで逃れることも叶《かな》わなかったに違いなかった。

（ここはいったい、どこなのだ）

かなり下流へ流されたことだけはわかる。とすれば、烏川が利根川と合流する辺りか。

彼方からは、なにやら、祝詞《のりと》のような声が聞こえてくる。大勢の者たちが一斉に唱えているらしい。まるで潮騒のようにも聞こえた。

（神憑き様の講か……。すると、新町宿を襲った悪党どもも、神憑き様の一味であったのか）

美鈴は同心の八巻（実際には由利之丞）を襲った悪党を追っていたのだ。そして烏川の決壊に巻き込まれた。

（先に進んでいた悪党どもは、出水を逃れて、この講の中に紛れ込んでおるのに違いあるまい）

八巻をつけ狙う悪党たちを許してはおけない。美鈴は泥水を滴らせながら、掛け小屋の群れに近づいた。

「ひとふたみよ……ふるべゆらゆらとふるべ……」

例の真言《しんごん》が聞こえてくる。

ふと、傍らの葦《あし》が揺れて、一人の老人がヌウッと顔を突き出した。ジロリと美鈴を睨《にら》み上げる。

（しまった！　見つかった！）

美鈴は焦った。ところが老人は、美鈴の風体を確かめると、プイッと顔を背《そむ》けて、行ってしまった。

美鈴は首を傾げた。どうやら老人は、泥だらけの美鈴の身形《みなり》とザンバラ髪を見て、仲間だと勘違いをしたらしかった。

（今のわたしは、よほどに哀れな姿をしているようだな）

しかしこれは好都合だ。このまま信徒のふりをして調べを進めてやろうと考えた。

袴は目立つので脱ぎ捨てる。水たまりの中には菰《こも》が一枚、落ちていた。美鈴は腰の刀を菰で包んで小わきに抱えた。

「ひとふたみよ……ふるべゆらゆらとふるべ……」

低い声で真言を唱えてみる。ますます信徒の一人らしくなってきた。

貧しい百姓や町人たちが、菰で作った小屋を掛け、細々《ほそぼそ》と煮炊きをしている。皆、世の中に絶望しきった様子で俯《うつむ》いて、近くを通りすぎる美鈴には目もくれようとはしなかった。

美鈴は目を凝らした。野原の先に軒の傾いた小屋が建っている。板壁で囲われ、屋根板もついていた。

その周りを信者たちが取り囲んでいる。

(首魁《しゅかい》があそこにおるのか?)

目星はつけたが、近づくのは難しい。信者が邪魔だ。

しばらく見張っていると、小屋の木戸が開いて、狸《たぬき》に似た面相の男が外に出てきた。

（あいつだ！）

その顔には見覚えがあった。新町宿を襲った悪党だ。向こうもこちらを見覚えているかも知れない。美鈴は葦《あし》の葉陰に身を隠した。

「それじゃあ、お峰姐《ねえ》さん、手筈どおりに……」

狸顔の悪党は小屋の中に向かってヘコヘコと頭を下げた。

（今、お峰と言ったな……！）

美鈴の眼光が鋭さを増した。

（ついに見つけたぞ！　旦那様をつけ狙う女狐め！）

すぐそこに仇敵《きゆうてき》が隠れ潜んでいる。しかし、ここでは手が出せない。信者たちが襲いかかってくるかも知れない。もちろん美鈴の腕があれば、貧しい百姓町人たちなど造作無く斬り捨てることができるのだが、そんな無益な殺生《せつしよう》はしたくなかった。

（今は様子を見るしかないな）

再び雨が降りだした。美鈴は汚い菰を頭から被って身を隠した。

第六章　ふるべゆらゆら

一

満徳寺の寺役所に、卯之吉と三国屋徳右衛門、庄田朔太郎が膝を突き合わせて座っている。

「つまり今度の騒動は、お峰っていう女悪党が仕組んだことだってわけかい」

朔太郎が腕組みをした。卯之吉はほんのりと笑っている。

「そのようですねぇ。それにしても、お峰さんの妹さんと、美鈴様が知り合いだったなんて、とんだ偶然があったものですねぇ」

「この剣呑《けんのん》な騒動の中、わざわざ旅をするような娘は滅多《めった》にいねぇからな。道連れになったとしても不思議はねぇ。それよかどうするよ、卯之さん」

「どうするって、何をです？」

「お峰の狙いは、きっと卯之さんだぜ。騒動を起こして卯之さんや荒海一家を誘《おび》き出そうと企《たくら》んでいたのに違《ちげ》ぇねぇ」

「はぁ」

「梅雨《つゆ》の増水に合わせて堤を切れば、公領ごと卯之さんを流せるって寸法だ」

卯之吉は笑顔で首を傾《かし》げた。

「大仰《おおぎょう》な事をなさいますねぇ。わざわざそんなことをしなくたって、あたしは勝手に川流れをいたしますよ。ウフフ」

「なに笑ってんだ」

朔太郎は役人の顔つきに戻って思案する。

「卯之さんを殺すためだけに、公領の田圃《たんぼ》を泥水に沈められたんじゃたまらねぇぞ。なんとかして手を打たにゃあならねぇ。どうだ卯之さん、仮にもお前《め》ぇさんは隠密同心だろ。良策はねぇかよ」

「良策と言われましてもねぇ。お峰さんがどこにいるのかもわからない。川の堤は延々と長い。関八州の至る所に造られている堤のどこを切ろうと、同じように大水が溢れ出すわけですからねぇ」

堤のすべてを守り抜くことなど不可能なのだ。

その時であった。

「旦那様」

朔太郎の家来の松倉荘介が顔を出した。

「江戸の殿より、急使にございまする」

江戸の殿とは庄田朔太郎が仕える寺社奉行のことだ。松倉は続ける。

「こたびの一件の責めを負わされ、老中首座の本多出雲守が隠居なされる模様、との由《よし》にございまする」

ギョッとなったのは三国屋徳右衛門だ。松倉荘介が下がると、面相を引きつらせながら朔太郎に迫ってきた。

「い、今のお話は、真にございましょうか」

「不確かな話を殿が伝えて寄越《よこ》すわけがない。柳営《りゅうえい》では、そういう話になっているのだろうよ」

徳右衛門は「ヒイッ」と悲鳴を上げた。

「手前の店《たな》は、本多出雲守様と一蓮托生《いちれんたくしょう》でございますよ！　出雲守様が罷免《ひめん》されたら、手前の店もただでは済みませんよ！」

朔太郎は頷《うなず》いた。

「新たに老中首座となった御方と、その御方に仕える御用商人からの突き上げを食らうだろうな。出雲守様なき後の三国屋は用済み。江戸一番の豪商の座より追い落とされるというわけだ」

それが政商の宿命であった。もっとも朔太郎にとっては、どうでもいい話だ。

徳右衛門は激しく取り乱している。

「なんとかして、出雲守様をお救いしなければ……！」

朔太郎は別のことで頭が一杯である。

「公領を救うことのほうが先だ。お峰を捕らえることさえできれば――」

卯之吉が、ふと、顔を上げた。

「でも、お吉さんが言うには、実際に堤を掘って崩すのは、神憑《かみつ》き様の信者の皆さんだということですよ」

「そのようだが、だからなんだってんだい」

「まずは神憑き様の信者の皆さんを、どうにかしなくちゃいけないんじゃないでしょうかねぇ」

卯之吉は天井を向いて、なにやら思案している……ように見えなくもない顔をした。

「信者の皆さんは〝お救いの生き神様〟を頼っているわけですから、こっちも生き神様をご用意すればいいんじゃないですかねぇ」

「生き神様を用意するだと？」

朔太郎は、わけがわからない、という顔で卯之吉を見た。


「お炊き出しだァ！　満徳寺様のお炊き出しだぞ！　腹が減ってる者《もん》は満徳寺様へ行け！　腹一杯に飯を食わしてもらえるぞ！」

荒海一家の子分たちが大声を張り上げながら村々を走って回る。その声を聞いて、大雨と出水で被災した百姓たちが、蟻《あり》の列のように群れを成し、満徳寺を目指し始めた。

「さぁ、どんどん食べていっておくんなさいよ」

満徳寺の門前には大きな釜《かま》が据えられて、粥《かゆ》が煮られていた。捩《ねじ》り鉢巻《はちまき》で杓文字《しゃもじ》をかき回しているのは銀八だ。さらには三国屋の手代の喜七も、寺の蔵から米を次々と運び出してきた。

「慌てるんじゃねぇ！　米はいくらでもある。粥を受け取った者は後ろに回れ。

押すな、押すな！」

　列を整えようと声を張り上げているのは寅三だ。門前には次々と人々が押し寄せてくる。

「近在の百姓が、こぞって押しかけてきたような有り様だぜ」

　さしもの寅三も額に汗を浮かべていた。

「本当に米は足りるのかよ。『ここで打ち止めでございɑ』なんてことになったら、粥にありつけなかった連中が暴れ出すぞ」

　かえって一揆《いっき》を誘発しているようなものだ。

　喜七は忙しく働きながら答えた。

「大旦那様が、倉賀野の御蔵に掛け合いに行っておりますから」

「倉賀野の御蔵には、確かにたくさんの米がしまいこまれているだろうがな、そいつぁ年貢米だろう。お上に断りもなく運び出すことはできるめぇよ」

「それにつきましては若旦那……、じゃなかった、八巻様に、ご思案があるのでしょう」

「八巻ノ旦那にか」

　これまでも不可能を可能に変え、危機を乗り越えてきた男だ。

「旦那を信じるしかねぇな」

寅三は大きく頷いた。


八巻卯之吉――南北町奉行所一の辣腕《らつわん》同心と謳《うた》われる男が、倉賀野宿の江州屋で、主の江州屋孫左衛門を睨《にら》みつけていた。

「おうっ、調べはついたぜ。川船が覆《くつがえ》って流されたことになっている御蔵米《おくらまい》、コイツぁお前ぇさんが河岸問屋《かしどいや》という立場を悪用して、杣人《そまびと》に横流しをしたんだ。このオイラが手前ェの足で杣人の里に乗り込んで、頭《かしら》を問い詰めたんだから間違いのねぇ話さ」

座敷に傲然《ごうぜん》と座し、江戸者らしい伝法《でんぽう》な巻き舌で孫左衛門をやり込めているのは、八巻卯之吉を演じる由利之丞であった。

由利之丞より少し下座に下がって、三国屋徳右衛門も控えている。こちらも由利之丞の同心芝居につきあって、しかつめらしい顔を取り繕《つくろ》っていた。

由利之丞は堂々と芝居を続ける。

「御蔵米を食っちまった杣人も、手前ェたちの命がかかってる。丸太や材木を振り回して手向かいしてきやがったがね、オイラが得意のヤットウでチョイチョイっと懲らしめてやったれば、たちまち観念して、何もかもを白状したぜ」

由利之丞は肩を揺すって豪快に笑った。

この貫禄《かんろく》には河岸問屋の孫左衛門も顔色《がんしょく》がない。額に冷汗を滲ませて、膝の上の握り拳を震わせるばかりだ。

「やいッ、黙っていたんじゃわからねぇぞ。なんとか言ったらどうなんだい」

孫左衛門はついに両手を畳について平伏した。

「ま……松平相模守がお支払いくださるはずの材木代を頂戴《ちょうだい》できず、困り果てた杣人たちを救うために、いたしたことにございまする……」

「フン、人助けだったたって言いてぇのかい」

孫左衛門は身を震わせながら、顔をちょっと上げて由利之丞を見た。額には玉の汗を浮かべている。

「この件について御存知なのは、八巻様お一方《ひとかた》のみ……。もしもご内密にして下さるならばこの江州屋、いかほどでもご進上申し上げますほどに……」

「ん？　何を言ってるんだ」

「金子《きんす》をご用意させていただきます」

「えっ、本当かい」

お金大好きの由利之丞は、貧乏役者の素に戻って目を輝かせたが、横から徳右衛門が咳払いして、口を挟んだ。

「見損なってはいけませんよ、江州屋さん。南町の八巻様は賂《まいない》で籠絡《ろうらく》できる御方ではございませぬ。なにしろ南北町奉行所一の同心様でございますからな」

由利之丞はガックリしたが、幸い、江州屋は「ヘヘーッ」と頭を下げていたので、情け無い表情は見られずにすんだ。

徳右衛門が続ける。

「確かにね、松平相模守様がお約束の金を下されないのでは、杣人も、あなたも、お困りだったことでしょう。元はといえば柳営の、ご老中様がたの政争に端を発した話でございますからね。手前もお上の御用商人でございますから、江州屋さんの苦衷《くちゅう》も、わからぬでもない」

江州屋孫左衛門は恐々《こわごわ》と徳右衛門に目を向けている。徳右衛門が何を言い出すのか、計りかねている様子だ。

南町の八巻と三国屋徳右衛門が繋《つな》がっていることは、皆知っている。だからこそ徳右衛門の物言いが恐ろしく感じられる。

徳右衛門が意味ありげな目で孫左衛門を見つめた。

「八巻様は江戸一番のお役人様として柳営の御重役様がたからのご信頼も厚く、八巻様のお言葉は、ご老中様のお耳にも届きまする」

（えっ、そうなのかい？）

由利之丞はびっくり仰天したが、ここは同心芝居を続けなければならない場面だ。重々しく頷き返して見せた。

「いかにもだ。オイラは〝ご老中様の耳目《じもく》〟とも呼ばれている」

大げさな嘘を並べた。

徳右衛門は由利之丞を無視して続けた。

「天領での一連の騒動で、ご老中首座の本多出雲守様は、いささか立場を悪くなさっておわします。そこでですな、今この時に江州屋さんが骨を折って、出雲守様にご奉公なされば、出雲守様もご機嫌を直して、御蔵米横流しの件を不問に付して下さるかもしれませんよ」

徳右衛門の猫撫《ねこな》で声に孫左衛門は不吉なものを感じたようだが、溺《おぼ》れる者はなんとやらで、縋《すが》るような目を向けた。

「何をすれば良いと仰《おつしや》るのですかね」

徳右衛門はニヤーッと、不気味に笑った。

「倉賀野の御蔵を開いて、御蔵米で炊き出しをするのですよ」

「な、なんということを！」

孫左衛門は愕然《がくぜん》となった。

「手前の一存で御蔵米を蔵より出したりしたら、手前の首が飛びますよ！」

「もうすでにご一存で御蔵米を出しているでしょうに。それに運び出される御蔵米は、手前の店で札を差したお米です。札を差したからには手前の店で換金いたしますのでね、江州屋さんは何もご案じなされることはない」

「御勘定奉行所の判物《はんもつ》（行政命令書類）もなく勝手なことをしたら、手前も三国屋さんも、ただでは済みません！」

「もう、ただでは済まないところまで来ているでしょうに」

徳右衛門の目がギラリと光って、孫左衛門を睨みつけた。

「良いですかな？　あなたは本多出雲守様に貸しを作らなければ獄門台に送られる。手前は本多出雲守様をお救いしなければ、次の老中首座様に店を潰される。生きるか死ぬかの切所《せっしょ》であって、しかも十中八九、死にかけてるんです。本多出雲守様をお救いし、我らも助かる起死回生の策が、御蔵を開いて、炊き出しをすることなのですよ！」

（まったく、なんてぇお人だい）

横で見ていた由利之丞は呆《あき》れた。

（江戸三座の看板役者だって、ここまで堂々とお芝居はできないよ）

しかも三国屋の身代《しんだい》を賭けた芝居である。しくじったら店を潰される覚悟なのだ。

（ま、オイラには関わりないけどね）

由利之丞は差し出された茶を啜《すす》りつつ、茶菓子の羊羹《ようかん》を楊枝《ようじ》でつついた。

江州屋孫左衛門は長々と黙考していたが、やがて徳右衛門に目を向けて質《ただ》した。

「炊き出しをすると、どうなるというのです」

徳右衛門は人が悪そうに笑った。

「それは、八巻様にご思案がございます。八巻様にお任せいたしておけば、万事遺漏《いろう》はございませんよ」

由利之丞は豪商二人の話にはまったくついてゆけなかったが、

「うむ」

と、大きく頷き返した。

二

倉賀野の御蔵が開かれて、米俵がどんどん運び出されていった。目指すは満徳寺のお救い小屋、炊き出し場だ。

その満徳寺には被災した百姓たちが続々と集まってきていた。あまりの大人数に庄田朔太郎は焦りを隠せない。

「おい、米をもっと出せ」

本堂裏の米蔵から運んでくるように命じたのだが、喜七は情け無い顔を横に振った。

「もう米蔵には何も残っておりませぬよ」

「なにっ、ぜんぶ百姓に食われちまったのか」

「ケチケチしないで振る舞って差し上げろ――と、若旦那に命じられましたもので」

「卯之さんらしい太っ腹だが、ちっとばかしまずいぜ……」

寺の尼僧の秀雪尼が、血相を変えてやってきた。

「庄田殿！　米蔵が空じゃ！　これでは今日の炊事もできぬ。梅白尼様を飢えさせるおつもりか！」

「いや……、その……」

皺面《しわづら》の老尼僧が鬼女のような形相で迫ってくる。なんと返事をしたものか困ってしまい、朔太郎は銀八を呼んだ。

「お前、取り持ちは得意だろ。なんとかしろ」

「えっ……」

銀八は目を白黒とさせた。

「遊び人の旦那がたのご機嫌を取り結ぶのは得意でげすが、尼様のご機嫌伺いは、一度もしたことがねぇでげす」

「旦那がたのご機嫌を取れたことだって一度もねぇだろ。尼さんのほうがかえって得意かもわからねぇぞ」

「何をゴチャゴチャとやっているのです」

秀雪尼に迫られて二人で冷汗を流していると、妙な騒ぎ声が、道の向こうから聞こえてきた。

朔太郎は首を伸ばした。

「なんだ？　妙なヤツらがこっちに来るぞ」

何十人もの集団が、鐘や太鼓を打ち鳴らしつつ、歌い踊りながらやって来る。

「踊り念仏か？」

ここは時宗《じしゅう》の寺だ。時宗の信者は踊りながら念仏することで知られている。

「いいえ、念仏ではございませぬ」

秀雪尼も首を傾げている。集団はますます近づいてきた。

「それそれ〜。歌えや、踊れや〜」

場違いに気合の入らぬ声が聞こえてきた。

「卯之さんだ」

卯之吉が集団の前で踊っている。囃《はや》し立てながら進んできた。金扇《きんせん》を片手に、まったく呑気《のんき》な風情であった。

その後ろには荷車の列が続いている。荷車には米俵が山と積まれていた。倉賀野宿の者たちが車を引き、被災した百姓たちが車を押し、さらには大勢の男女がその廻りで憑《つ》かれたように踊っていた。

先頭の荷車の米俵の上には、大黒頭巾《だいこくずきん》を被《かぶ》った男が正座している。

「あれは……、三国屋徳右衛門？」

何故《なにゆえ》かは知らぬが、大黒様の扮装をさせられている。大切な米俵の上に座らされて苦々しげな様子だが、それは親しい朔太郎だから〝苦々しげだ〞と気づいたのであって、傍目《はため》には満面の笑みを浮かべているように見える。まったくもって一分の隙もない大黒様姿だ。おめでたいことこのうえもない。

しかも運ばれているのは米俵だ。飢餓《きが》から解放された百姓たちは喜びに我を忘れて踊り続けた。

「生き神様じゃ！　生き仏様じゃ！」

「やれ嬉しや！」

徳右衛門ははなはだ不本意で迷惑そうなのだが、なにぶん地顔が笑顔なので嫌がっているようには見えない。そのうえ卯之吉が〝生きていて、楽しくて、仕方がない〞というふうなので、ますます皆の踊りと歌声に熱が入っていく。

「米俵が来たぞ！」

「生き神様じゃ！　踊れや、踊れ！」

満徳寺の周りに押し寄せていた者たちも、両手を振り上げて踊り始めた。手元の茶碗を箸で叩いて打ち鳴らす。

「なるほど、こういう趣向であったのか」

朔太郎は感心しきった様子で頷いた。

「生き神様には、生き神様で対抗しようという策、あちらはあの世を目指す神様。こちらは現世利益《りやく》、この世で鱈腹《たらふく》の飯を食わせてくれる神様だ。ウム！ 勝ち目が見えてきたぞ！」

問題となっている信者たちも、元はといえば食い詰め者の百姓町人だ。満徳寺を（すなわち徳川政権を）頼れば飯の炊き出しにありつけると知れば、改心して戻ってくるのに違いなかった。

「卯之さんめ、やるではないか」

「そうでげすかねぇ？」

感心しきりの朔太郎を見て、銀八が唇を尖《とが》らせた。

「ウチの若旦那は、なんにも考えずに、ただ面白おかしく踊ってるだけだと思うでげすよ？」

朔太郎までもが、卯之吉のことを策士だとか利口者だとか、勘違いし始めたのではあるまいか、と、銀八は心配になった。

「なんの騒ぎじゃ。騒々しい」

住職の梅白尼が山門に出てきた。剃り落とした眉根を寄せている。この騒動が癇《かん》に障《さわ》っている顔つきだ。秀雪尼は慌てて駆け寄った。

「百姓たちが騒いでおりまする。すぐにもやめさせましょうぞ」

「ふむ」

梅白尼は門扉《もんぴ》越しにちょっと顔を出した。そして「おや？」という顔をした。

「あの者は……」

クネクネと海草のように身をくねらせて踊る卯之吉の姿に目を止めたのだ。

「……なんと、たおやかで美しい。まるで天人の舞じゃ」

朔太郎の目には〝気色の悪い踊り〟にしか見えないのだが、梅白尼の目にはそのように映ったらしい。

「かまわぬ。民草《たみくさ》の喜びが公儀の喜びじゃ。続けよ。妾《わらわ》も見物いたす」

すっかり機嫌を直した梅白尼は、笑顔でそう答えた。

炊き出しの釜に白米が投じられる。百姓たちが歓声を上げる周りで、卯之吉はクニャクニャと踊り続けた。

「ずいぶんと人が減ったねぇ……」

ただでさえ荒涼とした武蔵野の原野だが、信者たちの掛け小屋も少なくなって、ますます物寂しくなってきた。

「ふるべゆらゆらとふるべ……」

祝詞《のりと》の声も聞こえてくるが、それは神代《かじろ》がいる小屋の周りに限られている。よほどに強固な信仰を持った者を除いて、多くの信者たちはここを去ってしまったのだ。

大橋式部がフラリとやってきた。お峰の姿を認めてポツリと口を開いた。

「皆、炊き出しを求めて満徳寺へ向かった」

お峰も（どうせそんなこったろうさ）と思っていた。しかし、大橋式部の次の言葉には驚かされた。

「名主たちは堤の決壊に驚いて、自分が差配する村に戻った。自分が戻らなければ村人を救えぬ、と気がついたようだ。〝目が覚めた〟のだな」

一時の宗教的熱狂にかられて練り歩いていたが、堤の決壊という特大の現実を目の当たりにして社会的責任を思い出したのだ。我に返ったのである。

お峰は、村の名主や乙名《おとな》たちがそこまで責務に忠実だとは思っていなかった。

無軌道に生きてきた悪党には理解しがたい話であった。

それでもお峰は傲然《ごうぜん》と胸を反り返らせた。フンと鼻先でせせら笑って見せた。お峰は悪党として生きてきた。悪党が悪党仲間の前で弱みを見せたら最後だ。弱みにつけこまれて嬲《なぶ》られる。

「まだアイツらが残ってるさ」

小屋の周りで祝詞を上げる十数人に横目を向ける。信者集団の核とも言える者たちだ。その信仰には揺るぎがない。

「烏合《うごう》の衆《しゅう》なんざ最初から当てにしていない。アイツらさえいれば、まだまだやれるさ」

大橋式部は冷たい目を投げてきた。

「やれる、というのは、堤を崩して公領を水浸しにすることとか」

「そうさ！」

お峰はカッと目を剝《む》いた。

「お上や役人たちが大事にしている天下ってヤツを、あたしの手でひっくり返してやるんだよ！」

「難儀をするのは百姓たちだぞ。お前は貧しい百姓たちを救いたかったんじゃないのか」

「百姓どもも馬鹿の仲間さ。うんと酷《ひど》い目に遭《あ》えばいいんだ！」

「養蚕《ようさん》小屋の女たちはどうなる」

お峰はニヤリと笑った。

「養蚕に必要なのは桑の葉だけさね。桑の木はどこでも育つ。関八州が泥だらけになったって生きて行けるさ」

「絹糸を取って、商人に売って、銭に換えても、買う米がないなら飢えるぞ」

「食い物なんか、どっからでも運ばれてくるだろうよ」

都市に生きる者たちにとって、農産物がどこでどうやって生産されるのか、などは知らなくても生きてゆける。米も野菜もどこからか運ばれてきて店先に並ぶのだ。生産や流通を破壊してしまったらどうなるか、などは考えもしない。

お峰は叫んだ。

「やってやる！　あたしの手で天下をひっくり返してやる！　その後でどうなろうが知ったこっちゃない！　フン、みんなおおいに苦しめばいいのさ！」

大橋式部は無言でお峰を見つめていたが、やがて背を向けると、無言で歩き去った。

三

「ひとふたみよ……ふるべゆらゆらとふるべ……」

陰気な声の祝詞が続く。信者たちに担《かつ》がれた輿《こし》が運ばれてきて、堤の上にそっと下ろされた。

増水した川が轟音《ごうおん》とともに流れている。その水圧を支えかねた堤が揺れた。輿の上には神憑き様の娘が座っている。激流が渦巻く川面《かわも》に向けて手を合わせ、無心に祈りを捧げていた。

お峰は振り返った。堤の上から見下ろせば、関八州の公領が一望できる。今ここで堤を切り崩せば、公領のすべてが、民百姓の暮しのすべても、破壊することができるのだ。

お峰は静かに、神憑きの娘に目を戻した。そして周りに拝跪《はいき》した信者たちに向かって厳かに命じた。

「さぁ、お神代様を神仏の国にお渡しいたしましょう」

信者たちは表情のない顔つきで低頭した。そして携えてきた鍬《くわ》を振るい始めた。ザクッ、ザクッと土を掘る。堤のほとんど最上部にまで、増水は押し寄せてきている。鍬を入れると掘った穴にはすぐに、水が染み込んできた。

横殴りの雨が勢い良く降りつけてくる。お峰は顔も逸《そ》らさずに、穴を掘る信者たちを見つめた。

と、その時であった。

「姉さま、もうやめて！」

若い娘の声が聞こえてきた。お峰はハッとして目を向けた。

「……お吉」

雨の中にお吉が立っている。さらにはその祖母である杣人の頭と、卯之吉までもが堤の坂を上ってきた。

「お峰、もう観念しろ。お役人様が取り囲んどるぞ」

老婆が渋面《じゆうめん》を作りながら言った。その横では卯之吉がヘラヘラと場違いに笑っている。

お峰は、もはや無感情に卯之吉を見つめた。

「またお前かい……」

「お吉さんから話は伺《うかが》いましたよ。堤を切ったらどんな事が起こるのか、あたしもいっぺんこの目で見てみたいところですがね、田畑を駄目にされちまったんじゃ困るんです。それでまぁ、こうして止めに来たってわけですがね」

何もかもが他人事《ひとごと》、みたいな呑気な物言いに、お峰は苛立《いらだ》ち、顔に怒気を上らせた。無言で卯之吉を睨みつけた。

老婆が杖《つえ》をつきながら前に踏み出してきた。

「さぁ、神妙にお縄を頂戴せぃ！　これ以上、一族の名を穢《けが》すではない」

「なにが一族さ！」

お峰は老婆に怒鳴り返した。

「あたしはとっくの昔に帳外《ちょうはず》れだよ！　お前たちとは縁《えん》も縁《ゆかり》もない！」

江戸の刑罰は連座制なので、犯罪者は家族から縁切りを宣言されて人別帳《にんべつちょう》（戸籍）から抹消される。これを〝帳を外す〟という。人別帳から外しておけば親族に連座刑は適用されない。

「いまさら家族ヅラをして説教かい！　笑わせるんじゃないよ！」

お峰は感情を激発させた。

「山ン中に閉じ込められて、毎日毎日木を伐《き》り出して、勝手に許嫁《いいなずけ》を決められて、あたしが何か言えば、よってたかって悪者扱いしやがって、何が一族だ！　あたしは子供の頃から、杣人の暮らしってヤツが大ッ嫌いだったんだよ！」

老婆は皺面をさらにしかめさせた。

「一族のことも考えろ。お前のせいで杣人のみんなが、里の百姓たちから後ろ指をさされることになるだぞ！」

「フン、里の百姓どもがなんだってのさ！　最初《はな》っからあたしらのことを、山猿だのなんだのと、馬鹿にしてやがったじゃないか！」

お峰は眼下に広がる平野を見渡した。

「みんな、くたばっちまえばいいのさ！」

「お峰さん」

卯之吉が困ったような笑顔を浮かべた。

「杣人の暮らしがどんなだったのかはわかりませんし、里の皆さんに、どんな酷い目に遭わされたかも存じませんがね、あたしたちはどうあっても、あなたのやってることを止めなくちゃならないんですよ」

堤の下から荒海一家が駆け上ってくる。先頭を切って走って来たのは三右衛門だ。

「お峰ッ、年貢の納め時だァ！　神妙にお縄を頂戴しろィ！」

寅三や粂五郎たちもやってくる。水谷弥五郎も駆けつけてきた。どういうつも

りかはわからないが、役者の由利之丞までやってきて、

「この八巻が乗り出してきたからには、決して逃《のが》れられぬものと知れ！」

などと見得《みえ》を切った。

老婆が連れてきた杣人たちも、荒海一家の後ろを走って来る。筏《いかだ》を組んで徳右衛門たちを助けた後も、この地に残っていたのだ。

それでもお峰は不敵な薄笑いを浮かべつつ、「フン」と鼻を鳴らした。

「そう易々《やすやす》と事が運ぶと思ったら、大間違いだよ」

お峰がサッと手を振ると、堤の向こうから悪党たちが数人走ってきた。額に傷のある男や、狸に似た男など、手に手に長脇差《ながどす》を握っている。

三右衛門が怒鳴る。

「お江戸で一番の同心様、八巻ノ旦那のお出役《でやく》だぞ！　無駄な手向かいをするんじゃやねぇ！」

南町の八巻は江戸で五指に数えられる剣豪。人斬り同心として恐れられている。その名を耳にしただけで、小悪党など尻を捲《まく》って逃げ出すはずなのに、この男たちは脇目もふらずに突っ込んできた。

「くそっ、手向かいするなら容赦《ようしゃ》しねぇ！　野郎どもッ、やっちまえ！」

三右衛門が吠えて、一家の者たちが前に踏み出す。そこへ悪党たちが突入してきた。たちまちのうちに大乱戦となった。

多勢に無勢、捕物にも慣れた荒海一家を、ほんの六人ばかりの悪党たちが圧倒し始めた。

悪党たちは目つきも定まらぬ有り様ながら、獅子奮迅《ししふんじん》、大車輪になって暴れ回る。

「なんだコイツら、無闇に強《つえ》ぇぞ！」

粂五郎がタジタジと後ずさりする。曲者《くせもの》たちと刃《やいば》を合わせると、あまりの力に脇差を握る指がもげそうになった。

それでもやはり多勢に無勢だ。曲者たちは取り囲まれ、刃を向けられ、何箇所か手傷を追って血を流し始めたが、それでもまったく闘志が萎《な》える様子もない。

「まるで火事場の馬鹿力みてぇだ！」

粂五郎は呆れた。

卯之吉は「ははぁん」と、なにやら合点した様子で頷いた。

「阿片《あへん》を吸わされているのですねぇ。目つきが尋常じゃございませんもの」

恐怖も忘れて道理もわきまえない――そんな状態にされているのだと、蘭学を轟《かじ》った卯之吉には理解できた。

筋肉が最大の力を発揮した場合、骨や関節は負荷に耐えきれずに壊れてしまう。筋肉の組織も自壊する。心臓が先に参ってしまうこともある。人間の身体《からだ》は自分を壊さないように自制しながら動いているのだが、火事場の緊急時や薬物で脳が麻痺《まひ》した場合には、自制を振り切って超人的な力を出し得るのである。

「ははぁん、なんて納得している場合じゃないよ！　うわっ、こっちに来た！若旦那ッ、逃げて！」

由利之丞が卯之吉の腕を引く。二人を守るべく水谷弥五郎が前に出たが、額に傷のある男に真っ向から斬りつけられ、ガッチリと刀で受け止めたものの、なんと押し込まれてしまった。

「まるで鬼神《きしん》だ。もはや人とも思えぬ！　二人とも逃げろ！」

弥五郎が決死の形相で叫ぶ。しかし卯之吉は呑気な顔だ。

「逃げたところで、あたしたちの足では、すぐに追いつかれてしまうでしょうしねぇ……」

「何を言ってるんだい、若旦那！」

由利之丞が喚《わめ》く。卯之吉はニコニコしながら答えた。

「それに、ご覧なさいよ。あそこの信者の皆さんが、さっきから堤を掘り崩していますね。もうすぐ堤が大きく壊れます。そうしたら、どうしたって逃げきれるもんじゃない」

いったん崩れだした堤は、連鎖的に崩壊の幅を広げながら崩れ続ける。崩壊速度は人間の足を上回る。

「あああ……、どうすりゃあいいんだ！」

由利之丞は両手で頭を搔《か》きむしった。

その時、一陣の風のように、黒い影が走ってきた。

「たあっ！　とおっ！」

涼やかな美声とともに鋭く剣が振り抜かれる。

「美鈴さんだ！」

由利之丞が喜色満面に指差した。

美鈴は堤を掘り崩す信者の群れに襲いかかった。峰打ちで、手当たり次第に殴り倒していく。元は貧しい百姓町人たちだ。美鈴の武芸には抵抗できない。それどころか阿片で目つきも惚《ぼ》けていて、何が起こっているのか理解できていない様子であった。

思いも寄らぬ方向からの攻撃には、お峰が配した曲者たちも対処できない。

「いいぞ！　やっちまえ！」

由利之丞が拳を振り上げて応援した。

それでも曲者たちは戦い続ける。弥五郎や荒海一家の斬撃《ざんげき》を浴びて、すでに満身創痍《そうい》だが、いっこうに参った様子を見せない。

「こいつら、死ぬまで暴れるつもりかよ！」

さしもの三右衛門ですら戦慄《せんりつ》を隠しきれない様子で言った。

強い風が吹きつけてくる。雨粒が目に入ってしまい、まともに顔も向けられない。敵も味方も泥だらけになり、ぬかるみに足を滑らせて転げ回りながら、刃を振り回し続けた。

と、その時であった。

荷台に無言で座っていた神憑きの娘が、スウッと音もなく立ち上がった。

なにゆえかこの瞬間だけ、奇妙な静寂が生まれた。荒海一家も、悪党たちも、由利之丞も卯之吉も、吸い込まれるようにして、娘に目を向けた。

娘は雨の中、無言で川面を見つめている。彼女の周りだけが風雨も避けているのではあるまいか、などと思われた。

娘が足を踏み出した。堤の端まで歩を進めると、いきなり、川面に身を投げた。

三右衛門が仰天する。

「ああっ、なんてことをしやがった！」

大きな水音が立つ。利根川の川面は激しく逆巻いている。娘の姿は波間に揉《も》まれて、すぐに消えた。

信者たちも両手を合わせて次々と身を投げていく。身投げをしなかったのは、すでに美鈴に昏倒《こんとう》させられていた者たちだけだ。

神憑きの娘がいなくなったからではあるまいが、荒れ狂っていた曲者たちも力尽きて倒れていった。荒海一家の子分たちがのしかかって腕を背中に絞り上げるが、すでに半分、死んだような有り様であった。

「おいっ、お峰はどこだ！」

寅三が喚きながら子分の間を走り回った。卯之吉は、のほほんと薄笑いを浮かべた。

「騒ぎに紛れて、逃げたようですねぇ」

「追えっ！」

「それどころじゃございませんよ。堤が崩れますよ。あたしたちも急いで逃げなくちゃいけません」

するとと杣人の老婆が前に出てきた。

「わしら杣人に伝わった智慧《ちえ》がある。土留めをするのじゃ！」

卯之吉は「ほほぅ」という呑気な顔つきで老婆を見た。

「ここで打つべき手立てがあるのですかね？」

「わしらは材木を下流に運ぶ時に、いったん川に堰《せき》を作って水を溜める。溜め水に木を浮かべてから堰を切って、一気に材木を流すのじゃ」

「なるほど。その堰を作る技を使おうって話ですね」

「能書きはいらないぜ婆さん！　さっさと指図を出してくれ！」

寅三が叫んだ。老婆は大きく頷いた。そして背後の杣人たちに向かって叫んだ。

「柱を用意しろ！　ここが我らの働き場じゃぞ」

杣人たちは「おうっ」と答えて走り出した。

三右衛門も子分たちに命じる。

「俺たちは手伝いだ。必要な柱は……、近くの百姓家をブッ壊してでも手に入れろ！」

子分たちは杣人に従って走り回った。

四

雨が降っている。お峰は一人、堤の上に戻ってきた。

堤の上での乱闘から二日が過ぎていた。神憑きの娘がどうなったのか、お峰にとっては、どうでも良い話であった。

「こんな物を拵《こしら》えて、堤を守ったってのかい」

信者たちが掘り返し、崩そうとした堤の斜面には、何本もの柱が杭《くい》として打ち込まれてあった。縦の柱は横に渡された材木と組み合わされて、太い縄で縛られ、固定されている。

お峰も杣人の村で育った。この技には見覚えがあった。

「どこまでもあたしの邪魔をしようってのかい」

杣人たちの手によってきつく繋ぎ止められ、縄で結びつけられた木材。自分を束縛し、自由を奪おうとした杣人の暮らしを連想させた。

「……こんなもの、あたしには要らないのさ」

ふた言目には『お前のためだ』と言いながら、きつく縛りつけてこようとする祖母。どこまでも良い子だった妹。なにもかもが厭《いと》わしい。

「この世から、消えてなくなっちまえばいいのさ」

お峰は隠し持っていた懐剣を引き抜いた。柱を縛る縄に刃を突き立てようとした。

今、堤を壊せばすべてが流される。三国屋徳右衛門も、卯之吉も、すべてだ。お峰を苛立たせ、苦杯を舐《な》めさせたものすべてだ。

「ざまぁ見やがれ。あたしの勝ちさ！」

お峰は堤の上で高笑いした。

片手を上げる。この手を振り下ろせば、土留めの仕掛けが壊れる。堤を決壊させるのだ。

「みんなくたばっちまえばいい。水の底に沈んじまえばいいんだ！」

お峰は雨に打たれながら吠えた。

その時であった。

「お峰、待て」

どこからともなく男の声が響いてきた。目を向けると、雨の中に男が一人、立っていた。

「天満屋ノ元締……」

天満屋は饅頭笠《まんじゅうがさ》の下で鋭い目を光らせて、お峰を睨みつけた。

「やつがれに内緒で、何を勝手な真似をしている。関八州を水の底に沈めるつもりだったのか」

お峰は答えない。無言の睨み合いの後で、天満屋が言った。

「もう十分だ。本多出雲守の面目は大いに損なわれた。後のことはやつがれに任せておけ。本多出雲守を柳営から追い落とすことさえできれば、三国屋と八巻は共倒れをする」

お峰は腕を振り上げたまま質《ただ》した。

「二人を始末する要は無いと仰るんですかえ」

「そうだ」

「やなこった」

お峰は腹の底から吐き出すようにして、言った。

「あたしはやるよ」

「馬鹿を言うな！」

天満屋が怒鳴る。

「公領の田畑を泥に沈める気か！」

お峰は小馬鹿にしたように、フンと鼻を鳴らした。

「お上の役人みたいな物言いをするじゃないかえ。あたしらは悪党だよ。お上の田畑を駄目にして何が悪い」

「酒井信濃守様が大いに困る。この後の始末には何年もかかるぞ。やつがれは三国屋徳右衛門を追い落とし、江戸一番の商人になるのだ。公領の年貢米で儲《もう》けるのだ。関八州に広がる田畑はやつがれのものとなるのだ。勝手な真似は許さん」

「勝手な物言いはどっちだい。あんたが勝とうが、三国屋徳右衛門が勝とうが、同じことだ」

「何が同じだ」

「悪党が大儲けをして、弱い者が泣かされる。そんな世の中に変わりはない、って言ってんのさ」

「そうだとも。お前は〝強い者〟になるのだ。それが本意だったろう」

お峰は乾いた声で笑った。

「何もわかっちゃいなかったんだね」

そうだ、何もわかっていない。お峰ですら、この怒りをどこにぶつけたらいいのかがわからない。世の中がどうなればこの怒りが収まるのか、わからない。

「なにがどうなろうと、世の中が糞《くそ》なことに変わりはないんだよ！」

流してしまえ。なにもかも。お峰はそう思った。

「お峰ッ！」

天満屋が絶叫する。お峰は腕を大きく振り下ろしていた。

その瞬間、風切り音を立てて飛来した矢が、お峰の胸に突き刺さった。

「……ぐっ」

お峰は胸に刺さった矢を見た。そしてなぜだか知らず、面白そうに笑った。

「やりやがったね……」

雨の中から石川左文字と才次郎が走り出てくる。左文字は半弓の弓を持っていた。

「あんな間抜けにやられちまうとは……、お峰姐《ねえ》さんも焼きが回ったもんさ」

お峰はフラリと立ち眩《くら》みを覚えた。手に握っていた短刀がカラリと落ちた。

お峰は手を伸ばし、柵を繋ぐ綱を探った。目が霞《かす》んでよく見えない。手さぐりで綱を握ると、綱の結び目がパラリと解けた。

お峰は身体を支えていられずに前のめりとなる。足をもつれさせて地べたにドゥッと倒れた。

濡れた夏草の匂いがした。顔に冷たい雨がかかった。

「ひとふたみよ……ふるべゆらゆらとふるべ……」

なぜだか知らず、祝詞を唱えた。目の前が急に暗くなり、やがて何も聞こえなくなった。

「元締、やりやした！　裏切り者のお峰を始末しやしたぜ！」

お峰の傍《そば》に屈《かが》み込み、首筋の脈を探っていた才次郎が、乱杙歯《らんぐいば》を剝き出しにして笑った。

石川左文字も「フン」と鼻を鳴らす。

「最後まで愚かな女でしたな。過ぎたるはなお及ばざるが如し。この勘どころを心得なかったものと見える」

才次郎は、お峰の亡骸《なきがら》を蹴《け》り転がした。

「したけど、この女《あま》も良い働きをしやしたぜ。三国屋も八巻もお終《しま》いだ。今日から江戸は元締のもんだ。俺たちの好き勝手にできるってもんですぜ！」

そう言って大笑いした、その時であった。

カラン、と音を立てて、材木が地面に転がった。

三人の悪党は一斉に目を向けた。

杭として打ち込んだ柱と柱との間を繋ぐ横棒が落ちたのだ。横棒を縛りつけてあった縄の一端を、死んだお峰が握っている。お峰が摑《つか》んで縄が解けて、横材が一本、外れたのだとわかった。

「なんでぇ、驚かせやがる……」

才次郎がせせら笑ったその時、強い風が吹いてきた。柱と柱を繋ぐ縄が風を切って、ビューッと音を立てた。

天満屋たち三人は、なにやらふいに、不吉な思いに囚《とら》われて、風を切る縄を凝視した。

最初の一本の横棒が落ちたことで、隣の横棒を繋ぐ縄の結び目が緩んだ。そして横棒の重みを支えかねて、結び目がスルリと解けた。

音を立てて横棒が落ちる。さらには次の結び目が緩み、縄が解け、横棒が次々と落ちていった。

カラン、カラン、カラン……。

横棒は落ちていく。まるで波が伝わるように、土留めの杭の端に向かって縄目が次々と解けていく。

「いったい何が起こっていやがるんだい！」

才次郎が不安に顔を引きつらせながら叫んだ。叫ばずにはいられなかったのだ。

左文字が「もしや……」と呟《つぶや》いた。才次郎が食ってかかる。

「なんでぇ！　心当たりでもあるんですかい」

左文字は真っ青な顔をしている。

「これは、杣人の技なのではないか。縄目の一端を解くと、次々と縄が解けて木組が自ら壊れていく」

「するってぇと、どうなるってんだ」

「もしもこれが、材木流しの堰を切る際の技と同じものだとしたら……」

左文字は震えながら堤に刺さった杭に目を向けた。

「木組みで支えられていた堤が壊れて、水が一気に溢れ出すぞ！」

堤に刺さった杭が抜けた。一本が抜けると、縄で繫がっていた柱が連鎖的に抜けていく。凄まじい音を立てて三悪党の足元が揺れた。そして地鳴りのような音が地面を揺るがした。

「お峰め！」

石川左文字が歯嚙みして叫んだ。

「最後の力で縄を引き、仕掛けを壊したのだ！　あの女は杣人の間で育った。縄を引けばどうなるか、知っておったのだ！」

才次郎は恐怖に引きつった面相を天満屋に向けた。

「元締ッ、俺たちまで流されちまうッ」

「すぐに逃げるのだ！」

三悪党は身を翻《ひるがえ》して走り出した。ついに決壊が始まった。大きな波頭が堤の土を押し流す。水の流れは堤の反対側まで達し、爆発したかのように噴出した。

「崩れるッ、堤が……！」

左文字が絶叫する。雷が一度に何十発も落ちたかのような轟音とともに、堤にひび割れができて、その割れ目からも凄まじい怒濤《どとう》が吹き出していく。

「うわーっ！」

崩れる堤に足を取られて才次郎が転んだ。次の瞬間には、大波に吞まれて姿が消えた。

「お峰め！　くそぉおっ！」

左文字も堤の崩壊に巻きこまれる。そして最後に、天満屋の元締も、荒れ狂う逆波《さかなみ》に呑まれた。

「江州屋さん！　堤が切れたッ」

倉賀野宿の俠客《きようかく》、辰兵衛が血相を変えて河岸問屋に駆け込んできた。

江州屋孫左衛門の顔色が変わった。

「土留めが足りなかったってことかえ！　まさか、誰かが縄を解いたんじゃあるまいね！」

「誰がそんな間抜けなことをしやがるってんです。己も一緒に流されて死んじまうってのに」

「とにかく、出水に備えて皆を水屋に……」

孫左衛門は振り返った。騒ぎを聞いて同心の八巻（に扮した由利之丞）が出てきたのだ。

「八巻様！　お指図を賜《たまわ》りとうございます！」

「えっ……、何をしろって？」

由利之丞は役者の素に戻って絶句した。

利根川から溢れ出した大水は、上野国と武蔵国の低地に溢れた。公領は水の底に沈んでいった。

五

「いやぁ、一面が水浸しになってしまいましたねぇ。まるで湖のようですよ。ハハハ」

「何を笑っていやがるんだ、卯之さん」

卯之吉と朔太郎は小舟に乗って水の上に浮かんでいる。見渡す限りの平野が水没し、湖沼のようになっていた。

「そもそも武蔵国は、昔はほとんど湖だった――って聞きましたからねぇ。お上が営々と水路を掘って、堤を築いて、水を抜いて、田圃や畑に変えてきたわけです。元を言えば、これが武蔵国の本当の姿なんでしょうねぇ」

卯之吉は扇子《せんす》を開いて眉の上に翳《かざ》した。十何日かぶりに太陽が顔を出し、初夏の陽差しを降り注いでくる。

青空が広がり、真っ白な雲が浮かんでいた。一面の水面に青空と雲が映っている。風が吹くと小波《さざなみ》が立って、白い雲の姿が吹き消された。

銀八が不器用に櫂《かい》を操っている。朔太郎は溜め息を漏らした。

「結局、こうなっちまったんだよなぁ」

卯之吉は微笑《ほほえ》んだ。

「こうなっちまいましたねぇ」

「おいおい、他人事みてぇな顔をしていられる場合じゃねぇだろう。大水を防ぐことができていればまだしも、公領が水浸しになっちまったんだ。本多出雲守様は責めを免れ得ねぇぞ。出雲守様が老中職を追われたら、三国屋だってただじゃ済まされめぇ」

卯之吉も、これまでのような大金を湯水の如くに使うことはできなくなる。

しかし卯之吉は、いま一つ、状況を理解していない顔つきだ。

「はぁ、左様にございましたか」

卯之吉にとっての大金は〝あるのが当たり前〟なので、金が手元からなくなるという事態を思い描くことすらできないのだろう。

「まったく、どこまでも太平楽にできていやがる」

朔太郎は呆れた。

舟は中山道を目指している。街道は出水に備えて堤の上に造られていた。銀八は舟を堤につけた。

朔太郎が陸地に飛び移る。

「オイラは江戸に行って、事の次第をお上に伝えてくる。出雲守様の弁明になるかどうかはわからねぇが、三国屋とお前《め》ぇさんの働きも、お上のお耳に入れてくるぜ」

「それは有り難い。頼りにしていますよ」

卯之吉は笑顔で朔太郎を見送った。


二日後、江戸城内の評定所に、老中や若年寄、三奉行など、幕府の政《まつりごと》を司《つかさど》る重職たちが顔を揃えた。

「満徳寺様に遣わしておりました、寺社奉行所の大検使、庄田朔太郎によれば、公領を騒がせし神憑きなる曲者どもは、その大半が改心し、村々に戻った由にござる。神憑きを名乗りし娘と、その取り巻きの者どもは、南町奉行所の隠密廻同心、八巻の捕り方に追い詰められ、大水に身を投げて、自死したとの由にござった」

　そう報告したのは、月番老中の太田刑部大夫である。

　本多出雲守は恵比須《えびす》顔を取り繕って微笑んだ。

「八巻はわしが自ら送った捕り方である。これにて公領の騒動は鎮《しず》まった。よろしゅうござるな」

　臨席の一同に同意を求めるが、皆、険しい表情だ。

　出雲守はあえて、酒井信濃守に笑顔を向けた。

「どうじゃな、信濃守。そなたのご存念は」

　信濃守は暫時《ざんじ》、黙考する様子であったが、老中の問いを無視するわけにもゆかず、口を開いた。

「神憑きなる凶徒を鎮めたは重畳《ちょうじょう》にございまするが、なれど、上野と武蔵の公領は水に沈んでござる」

　一同が大きく頷いた。追い詰められた格好の出雲守は、「ううむ」と口惜しそうに唸《うな》った。

　信濃守は白々しい澄まし顔で続ける。

「上様のご意向を伺わねばなりますまい」

何を伺うのか、といえば、老中首座、本多出雲守の進退に他ならない。
出雲守は何も言い返すことができずに、黙り込んだ。

関八州の出水は、溢れるのも早いが、引くのも早い。橋は直され、渡し舟も営業を再開し、早くも通行可能となった中山道を、卯之吉と徳右衛門が江戸に向かって歩いていた。

「なにやら上機嫌でございますね」

卯之吉は祖父に目を向けて、不思議そうに首を傾げた。

「田圃が水に沈んで、年貢米も期待できなくなりました。三国屋の商いは大きな痛手でございましょうに」

徳右衛門はニヤニヤしながら答えた。

「それがでございますね、八巻様。何者かは存じませぬが、手前に大儲けの種を残してくれたお人がございましてね」

「ほう。それはどのような？」

「女人《にょにん》を集めて蚕《かいと》を育てさせて、絹糸を取ろうという話でございましてな。この仕組みを上手《うま》いこと育て上げれば、大儲け間違いなしなのでございますよ」

「ほほう」

徳右衛門が「儲かる」というのだから、間違いなく儲かるのであろう。

「どうしてそんな商いの種を手に入れることができましたかね？　どなたからお譲り頂いたのですかね」

「それが不思議な話でございましてな。何者ともわからぬ女人が差配していたようなのですがね、その女人が、『自分が死んだら三国屋を頼れ、三国屋の銭で養蚕が立ち行くようにしてもらえる』と言い残したそうなのですよ」

「ほう？」

「どうやらその女人は、先の出水で死んでしまったようでしてね」

「それで、商いを引き継いだ、と」

「どなたかは存じませんがね。濡れ手に粟《あわ》の商いを手前に残してくださるとは、有り難いことにございますよ」

「三国屋の信用でございましょうかねぇ。なんにしてもこれで、札差が上手くゆかなくなっても、三国屋が潰れる心配はなくなりましたね」

「何を仰いますか！」

徳右衛門が血相を変えた。

「八巻様とも思われぬ仰りよう！　三国屋が潰れるなどと、この徳右衛門の目が黒いうちは、絶対にあり得ませぬぞ！」

徳右衛門はプンプンと憤慨しながら歩いていく。

「江戸に戻ったら、一世一代の大勝負でございますよ！」

お供の銀八が、

「あの剣幕なら、きっと大丈夫でげす」

と呟いた。

青空からは夏の陽差しが降り注いでいる。

双葉文庫

は-20-16

大富豪同心《だいふごうどうしん》

天下覆滅《てんかふくめつ》

2015年2月14日　第1刷発行

【著者】

幡大介《ばんだいすけ》

【発行者】

赤坂了生

【発行所】

株式会社双葉社

〒162-8540 東京都新宿区東五軒町3番28号

［電話］03-5261-4818(営業)　03-5261-4833(編集)

www.futabasha.co.jp

(双葉社の書籍・コミックが買えます)

【印刷所】

慶昌堂印刷株式会社

【製本所】

株式会社ダイワビーツー

【表紙・扉絵】南伸坊

【フォーマット・デザイン】日下潤一

【フォーマットデジタル印字】飯塚隆士

ISBN978-4-575-66712-7 C0193

Printed in Japan